我爱皇后乐队。跟这个家的人不说话后,我就只听皇后乐队嚷嚷了。

渐渐不记得身边所有人，是什么感觉？

小时候我特别害怕上学,一到学校,我就像只进了斗兽场的动物,不是狮子老虎那种动物,是小鸡小狗那种动物,谁都能上来踩一脚。

陈美芬则像一只豹子,我怀疑她在我身边安插了奸细,不然怎么可能每次我一挨揍,她都能飞奔着赶来援救。

她以不重复的舞步继续跳着，我已经看不清她脚底的动作，她的额头在冒汗，汗水随着甩头的动作落进草地，草地心甘情愿地任凭踩踏，扬起的尘粒在灯光下围绕着张倩影飞扬。

"赶了趟别人的旅程，想象着你们两个坐在这里的样子，像忍不住提前看了电影剧透，知道结局很美，我现在也可以安心回家了。"

我一直没明白一件事，直到现在我才反应过来，不管她记不记得我，我还记得她啊，记忆，是要两个人全忘了才会消失的。

陈美芬："你们谁也不会被分给爸爸的,你们全部要待在我身边。"

"当时小尧就悄悄跟我说,影姐儿是她的守护天使。"

狗夫 200 天

陈紫莲 著

九州出版社

目 录

01　我们恨对方　/　2

02　老太张倩影　/　6

03　蒙尘老狗夫　/　11

04　科目二还行　/　16

05　他爸要住院　/　21

06　海里大草原　/　26

07　鸠占了鹊巢　/　31

08　绑上铺盖卷　/　35

09　冰箱便签贴　/　39

10　拿驾照上路　/　44

11　要不要搞他　/　48

12　住不惯青旅　/　54

13　环保许愿树　/　59

14　张学友歌迷　/　65

15　青云猪脚粉　/　72

16　前方山崩塌　/　80

17　兴平大饭店　/　85

18　张老太有病　/　90

19　又来一老头　/　95

20　张宅的午饭　/　101

21　我姐陈美芬　/　107

22　做一个决定　/　112

23　张老太往事　/　117

24　误闯进葬礼　/　122

25　看到片乌云　/　129

26　高速出车祸　/　134

27 熟悉的黑暗	/	139
28 爵士音乐节	/	143
29 她的蓝舞裙	/	147
30 再见到哈瑞	/	152
31 要不要跳舞	/	157
32 成了他影子	/	161
33 接吻要专心	/	167
34 找不着她啦	/	173
35 张小尧赶来	/	178
36 不去想后果	/	183
37 她全忘记了	/	189
38 私奔的女孩	/	195
39 旅途终止啦	/	200
40 慢慢往回走	/	205

41 像个流浪汉	/	210
42 天降横财哦	/	215
43 死得其所吗	/	220
44 礼物呢舅舅	/	226
45 八点要上班	/	231
46 我受够了你	/	236
47 乱点鸳鸯谱	/	241
48 打到进医院	/	246
49 不赖你赖谁	/	252
50 下决心离婚	/	257
51 一起回老屋	/	263
52 攒了点药丸	/	269
53 追上去看看	/	275

没想到最后是我一个人开车回去。

换挡的动作已经很连贯，我甚至可以一手把着方向盘一手摇下车窗，把嘴里的烟捏走，伸到窗外，让气流卷走烟灰。

我有种无谓生死的感觉，"轰隆隆"迎面来的大卡车已不再让我恐惧，我稳稳地驾驶着老爸这辆二十多年前从走私商手中买来的大众狗夫。

后备厢中只剩我一个人的行李，那股万金油的味道却依然充斥在车厢，我尽量不去想她，为了别去想她，我在脑中一直重复对自己说："别去想她。"

在我几乎要成功将注意力转移到今晚吃什么时，歌单忽然播到皇后乐队的 *Bohemian Rhapsody*：

Is this the real life

Is this just fantasy

……

Didn't mean to make you cry

If I'm not back again this time tomorrow

哎。

妈的。

01 我们恨对方

我曾经以为自己长大后会去拍电影。

那时爸妈还活着,我们家每周末都去电影院,票是两毛一张,但不一定有,得早早去排队。每个大人可以免费带个孩子,爸爸抱着我,妈妈抱着陈美芬,我们看过一场又一场的电影。

得知我未来想拍电影,爸妈笑了,妈妈笑得特别开心,眼睛都笑成了月牙,她问:"是不是像《少林寺》李连杰那样,做个大明星?""那能赚不少钱吧?""那我就是大明星的姐姐。"爸和陈美芬都乐了,我懵懵懂懂跟着一起乐。

当年的影院没什么选择,大家也不挑,放什么看什么,香港的武打片,国内的战争片,还有极少一些外国电影,我已经忘了看过什么电影,但爆米花和冰棍的味道却永远记得。

大人排队买票,我和陈美芬在广场上乱窜。卖冰棍的给冰棍盖上一层厚厚的棉被,有人付钱,他迅速掀起一个边拿出一根,马上又盖好,再给冰棍宝贝们披紧被角。

那时的爆米花不像现在这种一颗一颗,而是长的,一条一条,买爆米花要捧一桶米去换,还要给他一毛钱,长条爆米花的颜色有粉的，白的，咬一口会粘在嘴唇上，甜甜的。

我他妈只记得这些无关紧要的事，尽是些吃的喝的，如果知道没多久后爸妈会变成死鬼爸妈，我肯定多花些心思去记他们说的话，或记住全家人在客厅跳舞那天收音机里放的是什么歌，爸妈拥抱着摇摆踩到对方几次脚，还有我跟陈美芬手拉着手转了几个圈才晕，记住这些。

但没什么鸟用，反正他们会死，说不准如果我记得那些，还会更心烦。

陈美芬现在完全是个傻×中年妇女，一个疯婆子。

她跟傻强刚结婚那会还算正常，能正常说话，但等她一生完孩子就疯了，特别是生第二个后，完全疯了。她已经忘了怎么用正常的音调和人说话，永远提着嗓门，声音尖锐，而且她从不听完别人的话，不论别人说什么，她都能立刻接过来以抱怨结束。

"整个家就没一个能帮上忙的。"这是陈美芬挂在嘴边的话。

"整个家就没一个能帮上忙的。"她一边收两个孩子散落在楼梯上的玩具，一边念叨。

我上楼关上房门，但陈美芬的声音还是通过门缝钻了进来。

"一回来就躲进屋子里，全家都坐着等吃饭。"

陈美芬将怒火转移到我身上，这可以理解，毕竟她了解我，我不像她那个傻×老公，逼急了会打人，骂我起码还算安全。

我戴上耳机，把陈美芬的声音阻隔在外，我这死样应该很像美剧里那些叛逆期死小孩。

我希望陈美芬有一天可以明白，让她全家住在这栋房子里，已经是我大发慈悲，如果这房子我和她一人有一半的继承权，那她家现在占去整个房子90%的空间，按道理是占用了原本属于我的40%。很明显，他们一家对此都没有怀着感恩的心，特别是她老公，傻强，我敢打赌，他住进来第一天就盘算着怎么赶我走。

傻强这人什么都不行，就生殖能力不弱，如果不是计划生育，生第二个孩子被罚了一大笔社会抚养费，估计他往后每年都想再生一个。

傻强现在跟我不共戴天，我们已经快两年没讲过一句话，自从他上次打陈美芬被我拿菜刀砍伤胳膊后。

是有点过了，如果哪天我和傻强重归于好，我会拍着他的肩膀寒暄："你是不是有点反应过度呢？不就被菜刀小小砍了一下，血都没流一碗，至于嘛，这么记仇？"

我爱皇后乐队。跟这个家的人不说话后，我就只听皇后乐队嚷嚷了。

最近几天陈美芬总是一副欲言又止的样子，难道还在纠结死鬼老爸那辆狗夫？

那辆车原本一直放在车库里，好端端地，傻强忽然心血来潮去考了驾照，夫妻俩就合计着，把死鬼老爸的狗夫卖掉，换辆新车。

想得倒美，我不同意。

由于傻强已经不跟我说话，就由陈美芬代表他们夫妻和我谈判。

"这破车已经二十多年，太旧，我们家那么多人，换辆大的车，出去玩方便。"

"车库就这么点地方,不卖掉它,买了新车没地放。"

"你又不会开车,到底留着它干吗?"

陈美芬的理由如上。

为了让我的反对更具现实意义,我当着陈美芬的面打电话到一个驾校报名。

"行了吗?"我问她。

陈美芬紧闭着嘴唇,她的鼻翼一张一合,那是种要哭的表情,从小就这样,但由于她透支了太多的眼泪,这种程度的委屈已经使她哭不出来。

"到底为什么?"她泄了气,不愿意相信我只是单纯为了跟他们作对。

我叫陈志勇,今年三十岁,我姐姐陈美芬,今年三十三岁,很明显,我们恨对方。

02 老太张倩影

女人全是些不知感恩的玩意。

我仰头擦鼻血时甚至没有一个人递张纸巾过来，她们站得老远，个个瞪着眼睛，还有那些胳肢窝，甭管多热，都紧紧地夹着自己的包，像夹了根温度计。

林教练倒是从厕所里拿出一个卷纸，用他那根不知道是不是刚抓过老二的食指，卷了一大圈纸塞到我鼻子下。

林教练上了点年纪，人比较胖，看得出他对跟女人那档子事已经兴致缺缺，再漂亮的女人倒车压线一样会被他骂个狗血淋头，但这只是一种猜测，因为我们这批学员里没什么漂亮女人，两个模样普通的女学生，一个练车时极度聒噪的中年妇女，还有一个又瘦又矮的老太婆，剩下仨男的，我和厨师男，还有一个只有中午才有空来练车的上班男。

"你跟他较什么劲？又没人领你情。"林教练说。

本来是不关我事，换平时我会忍了，就跟那些妇女一样，低头吃饭，装作什么都没听到。

但今天他把发馊的身体靠在我背上，一手搭在我肩膀，一手搭在隔壁女学生的胸口，他软趴趴的乳头挤在我肩胛骨的位置，压得很紧，扁扁的。

但这还不至于让我对他挥拳，最可怕的是他的嘴，绝对是纯净空气的噩梦，想象下被他吸进鼻子的空气，先要路过细菌密布藻绿发酵的鼻腔和气管，再钻进那漆黑、挂满烟油的肺，翻滚一圈以为憋住一口气终于能解脱，没想到终点还有塞满食物残渣的牙齿缝在等着它。

从他嘴里吐出来时，空气的亲妈都不认得那摊空气了，那团恶臭的黏稠的空气盘桓在我头顶，缓慢地落下，挤走我周边所有正常的空气，盖住了我整张脸。

打他我完全是出于自救，真的。

"回吧，伤成这样。"林教练说。

"教练，我们怎么办？"女学生问。

这个女学生真的不行，她还瞪我一眼，刚才老周教练的咸猪手搭在她胸口时她眼神可没那么铿锵有力。

"你们也回呗，明天再看怎么安排。"林教练拧好自己的水杯盖，对女学生和老太婆说。

女学生恨恨地上了公交，找到最后的座位一屁股坐下，老太婆和我拉着吊环，站在车厢中间。

旁边老弱病残座的一个老头站起身准备下车，我眼疾手快，一脚顶在座位外，转身拍老太婆的肩膀道："喂。"

她转过头，我努嘴示意这有座。

老太婆的眼珠和头发都灰扑扑的，有点矮，穿着深灰色棉布七分裤，暗色花纹薄棉衬衫，她伸直了手臂才勉强拉住吊环，衬衫的袖子缩到小臂，露出枯瘦的手腕。

"你自己坐吧。"说完她望向窗外。

我顺势就坐了下去，头真有点晕。

第二天老周教练没再来，不知道和我昨天回去后打了十几个电话投诉他有没有关系。

老周教练的所有学员划拉给林教练一起带，林教练的脾气变得更坏了，骂得最多的是那个老太。

"张倩影啊，你怎么又是半个车屁股露在车库外面？"

"张倩影啊，叫你方向盘打死打死，聋了吗？你那个方向盘怎么打的？"

"张倩影啊，不然你还是回家吧，这个样子考什么考？"

两个女学生小声地议论："她名字叫张倩影诶。"

"哎，慢死了，每次都要等她半天。"

"年纪这么大，还来学车，我最不喜欢教这种老人，学得慢，手脚还不灵活。"林教练走回凉亭里坐下，他一边跟大家伙抱怨，一边瞥着张倩影慢吞吞地倒车。

我给林教练递了根烟，火刚伸过去，他突然又窜出去。

"又压线！又压线了！你给我下来，站在一边好好看看别人怎么倒车，教多少遍了还是这鸟样。"林教练气冲冲将张倩影拉下车。

张倩影不论被骂得多难听，脸上始终保持平静，她喜欢为自己辩驳:"我就是像你说的那样打方向盘,不知道为什么还是压线,从后视镜里看,明明车身已经正了,"她扁扁嘴,"这个车有问题。"

林教练每次都被她气到眼冒绿光,练车场又热又无聊,看林教练吃瘪成了我唯一的乐趣。

其他学员一样讨厌张倩影,她练一趟车的时间够给别人练三趟,别人开车时她又喜欢跟在窗外,模拟自己在驾驶,边走嘴里边念叨着各种操作,严重干扰车里的人。

加上她还每天自己带便当。

驾校的潜规则是这样,每天中午,教练会带着学员去他们拿回扣的饭店,那里的饭菜比寻常的饭店难吃点,贵点,但又不至于难吃和贵太多,餐费所有学员AA。

张老太不大能接受,第一次和大家一起吃饭,她就问,"为什么这么贵?为什么教练不用掏钱?"没人搭理她,反正没多少钱,摊分到每个人头上就几十块,大家心知肚明让教练赚点回扣,没人爱去计较这个。

第二天再喊张倩影去吃饭,她直接从环保袋中掏出个铝饭盒,说,"你们自己去吧。"

没人喜欢张老太,就算是我,也只是不讨厌她,不讨厌离喜欢还有距离呢。

练车场在城郊,我和张老太偶尔会坐同一班公车回去,她坐到北里市,我坐到西村市,跨越一整个小城,五十多分钟。

经过那块广告牌时,耳机里开始播 *Spread Your Wings*。

Spread your little wings and fly away
Fly away, far away
Pull yourself together
cos you know you should do better
That's because you're a free man

  铁架上锈迹斑斑,广告画却是新换上的,一望无际的草原,一匹马低头悠悠地吃草,远处是白皑皑的雪山,旁边是设计师从字库里能找到的最丑字体——海里大草原欢迎您!
  我和张老太一前一后坐在窗边的老弱病残椅上,歪头望着那块广告牌。

03 蒙尘老狗夫

冷，很冷……我紧紧缩成一团，颤抖，雨浇脸上，从脖颈流进胸膛，顺肚子而下，大腿冰冷冷一片，水灌满了鞋子，脚趾头冻得抽搐，蜷着抓住鞋底。

无数个晚上我做这同一个梦，在雨里站着，打战，周围漆黑一片。

下身凉飕飕的，我瞬间清醒，睁眼，坐起，掀开薄被一看，果然又尿了，操。

有这毛病后我就换木板床睡了，再冷的天床上都只铺凉席，席梦思和褥子早被我扔掉了，那些都不禁尿，渗进去就完了，几次后整间屋都会弥漫尿味，我自己闻不出，但别人闻得到，小时候同学来我家玩飞行棋，一个忽然问："你们觉不觉得陈志勇的房间有股怪味？"另一个说："我也闻到了，像尿味。"大家皱着鼻子，从此我跟他们下棋再也没赢过。

我拿湿布将凉席擦了好几遍，正面反面都擦，擦好之后立到墙边，再用吹风机吹床板，吹干点，在上面撒一点花露水，继续吹。

"咚咚，"我关掉吹风机，陈美芬在门外问："又做噩梦啦？"

"嗯。"

我的毛病陈美芬都知道,每次惊醒都免不了弄出些动静,陈美芬神经衰弱,总能醒,醒了她就过来,我不给她开门后她就站在门口唠叨两句。

"早点睡吧。"她说。

"嗯。"

我打开窗户,点上根烟。

周围的墙上全是嗡嗡转动的空调外机,屋内的人在凉爽适宜的温度里熟睡,扇叶排出的热气搅起静止臃肿的空气,扑到我冰冷的皮肤上,起了一层鸡皮疙瘩,我抓起胸口的T恤擦了把汗。

抽完烟,感觉到有些燥热,我关上窗爬回床上。我的房间没有装空调,冷气会让我更容易犯病。

教练让我可以不用去练车了,他说我练得挺好,都可以替他教课了。我明白,他不过想省点油钱。

"考试前一天跟我们一块去看看考场,到考场那再练两圈就行。"他说。

接着他让张倩影也不用去练车了。

"我也能替你教课了吗?"张倩影问。

林教练被她逗笑,肚皮上一圈肉都在抖,"就你?教个屁课。"

"那为啥我不用练了?"

"你呐,太差,这期考的话肯定过不了,等下一期再来练。"

"我觉得我进步很多。"张倩影面色如常,瘦长的手指抓着肩上的环保袋带子,铝饭盒的轮廓在袋子下凸起。

"礼拜五就考试啦,你来干吗?耽误人家啊?练一趟车人家得等你半小时,拖多少人后腿知道吧?甭废话,你下礼拜再来。"

张倩影张嘴还想说话,被林教练大声打断:"你一人过不了,还想着让全部人陪你过不了啊?"

女学生和那聒噪妇女眼神如针,齐刷刷朝张老太刺来。

"啧啧,"我摇摇头,推张倩影一把说,"走吧。"

张倩影沉默地坐在我前面,整个人松散地斜靠在椅背,像一堆滑坡的土。

车子驶过了"海里大草原欢迎您",我拍拍张倩影的椅子,"下期考就下期考,没什么大不了的。"

"下期,又要一礼拜了。"张倩影叹口气。

"赶时间啊?"

"算是吧。"

掀开盖在狗夫车顶上的塑胶布时,空中扬起一大阵灰,我接连打好几个喷嚏,满眼泪地将塑胶布拖到车库的角落里。

记忆里应该是乳白色的汽车变成了脏兮兮的黄色,左前轮瘪了,拉开车门,漫出一股难闻的霉味。

"这车还能开吗?"张倩影从环保袋中掏出一罐万金油,打开盖挖出一点抹在鼻下。

"能开,肯定能开。"我边说边插上钥匙打火,打了两次都没打着。

张倩影坐进副驾,灰眼睛眼皮耷拉着,怀疑地看着我。

"太久没开了,也许是电瓶没电,我们要喊人来过下电,再给轮胎打点气。"我凭着脑中有限的汽车常识推测道。

修车小哥赶到时,陈美芬骑着电动车载了两个娃也刚好回来。

她一手抱一个孩子下车,眼睛往车库这边瞄,张倩影局促地往我身后站了站。

"那是你太太吗?"她问。

"不是,我姐。"

"哦。"

陈美芬往这边走过来,"怎么回事?"

"修车呗。"我嘟囔。

"修它干吗?"陈美芬已经皱眉,她完全没有和张老太打招呼的意思,两个妇女只当没看见对方。

"修好了开呗。"我已经不耐烦。

"开它干吗?"陈美芬手上拎着一提卷纸,两个孩子钻在她胳肢窝下,好奇地盯着张倩影。

我不想当着张老太的面跟陈美芬吵架,虽然她现在很欠骂。

"周五考试,练车。"平静的语调。

陈美芬的嘴唇张开又合起,她最终什么都没说,拉着两个孩子进屋去了,大概是顾忌有外人在,把怒火吞下了。

修车小哥把车拖回店里,给四个轮胎补气,过电后帮忙开去加了油,最后按我的指示将我们载到河边烂尾楼外那片空地上。

"三百。"他把钥匙交到我手中。

"这么贵?怎么不去抢。"

小哥长了一张憨厚的脸,说话有点不利索,这种人常常让人不由自主地心生愧疚，好像他们天生为吃亏而活着。

"加、加油，就用了两百。"

"哎，行吧行吧，三百就三百。"我从钱包掏出钱递给他。

"有、有空，去换下机油，车、车子该保养了。"

修车小哥走后，张老太递给我两百。

"练车的油钱我出。"她说。

陪张老太练半小时我就后悔了，这他妈根本不是正常人吧？熄火算状况好的了，更凶险的是她好几次把油门当刹车踩，不夸张的，我差点吓尿。

在附近找半天，捡了个易拉罐顶在油门踏板下后，我才敢稍微松口气。

"你到底为什么要学车？打车不好吗？"坐在副驾，我牢牢地抓着车门上方的把手。

"年轻时就想学了，耽误到现在。"张倩影伸长脖子，聚精会神地盯着左后视镜，地上是我们用石头划出的线。

"回正，快回正！"我喊。

她愣了几秒，慢慢将方向盘转回来，车身已经歪斜得不成样。

"都喊了回正，怎么还慢悠悠的？"

"我得先看清楚喽。"张老太低头看着挡位，犹犹豫豫地把挡位杆拨回一挡，车子抖得厉害，"噗噗"两声后熄火了。

我拔走钥匙，"歇会吧。"

"抽烟吗？"我正掏烟，发现张倩影看着我，遂向她递去烟盒。

张老太摆摆手，"抽烟会增加中风的概率。"

我打开车门，走到一旁去点烟。

04 科目二还行

剩两天就考科目二了，张倩影的半坡起步却还没学好，车子刚停稳她便急着把刹车松开，车往后溜一米了她才反应过来，慌张挂一挡，陈美芬的儿子，七岁的陈浩南站在不远处着急地喊："快踩刹车呀张奶奶！"

陈浩南站在斜坡上跺脚，他妹妹，五岁的陈小北抱着一袋黄油饼干坐在石墩上吃，看着车慢慢下滑，我追在车边嘶喊，小北咧开沾满饼干屑的嘴，欢快地笑呀。

"不然你还是去驾校退学费吧，他们不是有那种承诺吗，包教会，教不会无条件退学费。"我趴在车窗，泄气地说。

张老太不急不躁，摸摸方向盘，摸摸换挡杆、手刹，左看右看，看好一会，慢悠悠将脸转向我，"是先放手刹对吧？然后松离合？"

陈浩南和陈小北忽然打开后车门钻进车里。

"下去！不要命啊？"我喝斥他们。

"没那么严重吧？"张倩影瘪着嘴。

"张奶奶，明天你可以给我带巧克力饼干吗？"小北胖乎乎的小手上捏着块咬过的饼干，伸到张倩影嘴边。

"吃太多巧克力就吃不下饭,妈妈会骂的吧?"

"不会的,我能吃两碗大米饭,我可以帮妹妹一起吃巧克力。"陈浩南自信地说。

张老太轻笑起来。

这片空地离我们家不远,陈美芬每天从幼儿园把他们接回来,兄妹俩就自己跑过来,一开始他们只敢远远看着,但自从张倩影开始带零食,他们胆子就大了,一口一个"张奶奶"叫得亲热,顺带连我他们都不怎么怕了。

"你现在怎么不喊我舅舅了?"我和陈小北坐在树荫下,望着陈浩南坐在副驾上指挥张倩影开车。

"爸爸说你有疯病,叫我们不要和你说话。"小北抓着一块黄油饼干,咬一口就对我笑一下。

"妈的!傻强这畜生。"我啐了一口。

"傻强是谁?"

"一个坏蛋。"

"我认识吗?"

"你不认识。"

"那好吧。"

"你练车时多看着点孩子,别让他们在车后跑,多危险。"

傻强今天上中班,半夜才能回来,我跟陈美芬还有俩孩子一起吃饭。饭桌现在的规矩是有傻强没我,有我没傻强,他要在家,我就出去吃。

"哦。"我应了声。

"那个张奶奶是你们驾校的吗?"陈美芬夹了块带鱼到我碗里。

"嗯。"我把带鱼夹给陈浩南。

"年纪那么大,还学车啊?"陈美芬又往我碗里夹了坨青菜。

"嗯。"我用筷子把菜往碗边拨了拨。

"对了,今天三叔跟我说他们厂在招工诶。就那个做鱼丸的厂呀,今年他们又盖了新厂房,工人都有十几个了,听说去年效益不错,过年还发了橘子。"

陈美芬筷子"叮叮"地敲碗,问:"怎么样?你要不要去看看?"

"我的事你别管啦。"我扒拉两口饭。

陈美芬这么多年炒的菜真是一点长进都没有,带鱼煎得干巴巴,青菜炒得烂塌塌,难吃得要命,吃她的饭就是一种折磨。

"什么叫你的事我就别管?你数数你已经几个月没上班啦?一家人要吃要喝,你给过我生活费吗?三叔那工厂有什么不好?管吃管住,员工买鱼丸还打八折呢。"

"行啦。"我将碗大力地扔到水槽,响声巨大,两个孩子惊恐地看向我。

"你什么态度?"陈美芬声音尖锐,腾地站起来,"摔碗摔碟给谁看?"

我懒得和她废话,上楼关起房门。

晚上出来上厕所,隔壁的小房间开了个门缝,过道顶的灯光洒下,照着两张煞白的小脸。

"操!"我吓得心脏都漏跳半拍。

浩南和小北蹲在门缝后,扬起脸看我,"嘘——"浩南做个噤声的动作。

我心有余悸:"干吗呢?大半夜不睡觉。"

"爸爸和妈妈在吵架。"小北脆生生地说。

我侧耳听,果然,楼下传来陈美芬和傻强争吵的声音,两人都还算是人,压低着声音,听不清在吵什么,只模糊辨认出几个压抑的音调。

等我把两个孩子哄回床上睡觉,去厕所撒泡尿出来,吵架的声音也停了。

科目二考试前一天,张倩影跟我一块去看考场,林教练看到她也见怪不怪:"想看就看吧,看几次都一个样。"

偌大个考场连棵遮阳的树都没有,水泥地面蒸腾起一股热气,空气中仿佛能闻见轮胎被路面烫烙的橡胶味。

考场里练车要交钱,原本该大家平摊,林教练却提议让张倩影出双份:"她那速度,出三份都是应该的。"

张倩影没吱声,默认接受了,但这并没有让林教练的暴躁症状减轻,他举着一把红伞跟在车旁边,随着学员频繁地犯错,他的粗口越来越花样繁多,所有人都紧张得半死,稍不留神可能父母的屁眼都没守住,练车练成个大不孝。

车里的人热汗涟涟,小心翼翼地瞥后视镜,瞥林教练,防着他忽然冲过来掐方向盘。

直到最后轮到张老太练车,大家才松快了点,林教练甚至带上了笑脸,他远远跟在张老太的车后,不喊也不骂,放任自流地随便她开,像条经历过大喜大悲的海带,失去水分的额头皱褶着,带些盐粒。

张老太第二天的成绩出乎所有人意料,我考完试出来,她已经在等候区坐了半天。

"怎么样?"我焦急地问。

"还可以。"她递给我她的成绩单,90分,一次过。

"靠,你怎么做到的?"我惊呆了。

"就那样,正常开。"张老太露出点骄傲的神情。

最后,这期的学员全部合格。林教练虽然当下表情有些古怪,但他回去立即在朋友圈发出一张全体学员的合照,附文写道:"今日考试全员合格!恭喜!连67岁的老大姐都一次考过,专业,负责,包教会,欢迎大家找林教练学车,联系电话:158×××××××××。"

05 他爸要住院

到科目三张倩影却考了两次,第一次在灯光模拟环节直接挂科,车子都没有开出考场。

"就没见过你这种人,考官都说了,请打开车灯,请打开车灯,你到底在干什么?开车灯你不会啊?"林教练唾沫直喷,不停奚落,"车没启动就挂了,你真行,我当教练以来就没见过你这么笨的学员。"

张倩影一言不发。

和她一起坐公交回去时,她把我科目三的成绩单拿在手中看了又看,"真好,"她摩挲着纸面:"再考个科目四你就能拿驾照了。"

"没事,你下礼拜再考一次,争取一次过,等你过了咱俩一块去考科四。"

"谢谢啊。"张倩影把成绩单递还给我。

"不过刚才考试你怎么回事?是不是太紧张,开车灯都忘啦?"

"不知道……这脑子一下子空了,我就拼命想啊,怎么都想不起按哪个键。"张倩影望着窗外,声音像从远处飘来。

公交车颠颠地在路上行驶,我把头斜靠在椅背上打盹,张倩影突然拍拍我的肩膀,"喂,你知道那里吗?"她指向窗外的广告牌——"海里大草原欢迎您"。

"不知道,没去过。"我眯着眼。

"不知道离咱这有多远啊?"广告牌越退越远,张倩影还扭着脖子看,我打了个哈欠。

"舅舅,张奶奶呢?"

我双手枕在头下,躺在放平的驾驶座上补眠,陈浩南打开车门爬上副驾驶座。

"奶奶今天给我带饼干了吗?是巧克力味的吗?"小北跟在他后面也想挤上车。

"张奶奶今天没来。"

"为什么?"异口同声的失望。

"考试没考好,张奶奶心情不好。"我换个姿势,面对着他们。

"张奶奶那么老了,都要考试吗?"陈浩南很惊讶。

"多老都得考试。"看他露出绝望的表情,我忍不住笑起来。

"走吧,舅舅今天请你们吃小笼包。"我将座位调正,拔掉钥匙,"不过你们回去可千万别告诉妈妈。"

"那舅舅你能给我买一根棒棒糖吗?"小北软软的手握住我的手指。

"我也要我也要!"浩南也冲过来拉我的手。

陈美芬把菜从厨房一个个端出来,傻强独自坐在桌前吃,看到孩子们跟我一块进屋,他摆出臭脸对他们吼:"还不快去洗手!"

小北悄悄对我做了个鬼脸,小跑着进厨房,和浩南挤在水池边洗手。

我斜看傻强,瞧他那理所应当的派头。这些年他一直在车间当普工,挣的虽然没陈美芬这个超市会计多,但愣摆出一副家庭主心骨的样子,从不干家务,也不管孩子,陈美芬每天下班后先去接孩子,再去买菜,到家赶紧做饭,而这大爷呢?回来就坐餐桌边等吃,吃完挪到沙发上坐,一手握遥控器一手握啤酒,陈美芬三请四催下,他不乐意地抬起屁股上楼去洗澡,换下的衣服永远随便丢在浴室地上,即使脏衣篓就在他脚边。

陈美芬的口头禅"整个家就没一个能帮上忙的",其实应该换成"整个家没一个忙傻强帮得上",那才是事实。

我回屋,戴上了耳机。*Killer Queen* 能解百忧。

She's a Killer Queen

Gunpowder, gelatine

Dynamite with a laser beam

Guaranteed to blow your mind

半夜下楼倒水喝,被站在厨房里喝酒的陈美芬吓一跳。

"妈的!你们这家人都不爱开灯怎么回事?"我摸到开关,橘黄的灯光照亮陈美芬疲惫的脸,她舔了舔嘴唇,举起玻璃杯一饮而尽。我看到旁边摆着一瓶做饭用的高粱米酒。

"还不睡?"她打开水龙头,往空杯里倒点洗洁精,迅速冲洗着。

凭我的经验，马上离开也许能免掉一场尴尬谈心，我倒好水，转身就要上楼。

"明强他爸得了胃癌。"陈美芬没给我时间逃脱。

"哦。"为了表示自己不是一个无动于衷的冷血混蛋，我站在原地。

"那我去睡了。"过一会后，我说。

"明强想接他爸来住院。"

"哦。"

"他妈和他姐一起跟来照顾。"

我背对陈美芬，沉默着。

"所以……她们想住在我们家。"陈美芬的声音低下去。

"呵，行啊，不过住哪？客厅？还是你们屋？"我冷笑一声。

"志勇，你有没有朋友？或是练车的同学，能不能去跟他们挤一挤？"陈美芬的声音开始莫名其妙地乐观亢奋："也许一个月，最多两个月，不会很久的，我公公他……已经是晚期。"

"陈美芬，你不觉得自己太过分了吗？"我浑身冰冷，冷得像掉进冰窟，头顶有无数坚硬的冰锥在往下掉，砸在地面，碎裂成冰碴。

我回屋后没继续睡，揣着银行卡出去了，到取款机查了下，存款还剩八千,是去年在工地上赚的,应该够吧？去市郊租个小屋，再随便打份工，有手有脚的，总不至于饿死。

哎，真他妈的！我觉得好憋屈，又窝囊，胸口像压着块大石，堵得死死，他们凭什么要求我？我不欠谁，得胃癌了不起？关我屁事？什么朋友？我有个狗屁的朋友。

06 海里大草原

我和张倩影打听租房的事。

"要租房?"张倩影手脚配合得支离破碎,由二挡进三挡,不踩油门提速反而去踩刹车,三挡刚挂上,车子在路中间直接熄火。

"你家不是有房子?干吗还要租房?"她不慌不忙地打火,挡位杆却还留在三挡。

"喂,先挂空挡啊!你怎么老忘呀?这样又要补考。"我打一下她的手。

"哦。"她扯着挡位杆,不小心拖去了四挡,我翻着白眼帮她将挡位杆拨回空挡,"真不知道你科目二是怎么考过的。"

我跟张倩影说了傻强他爸生病要住院,还有他妈他姐要跟来照顾他的事。

"那什么强是你姐夫,对吧?"

"嗯。"

"你家离医院也不近呀,房子既然不够住,为什么不跟他们直说?在医院旁租一个房子照顾病人不是更方便些?"

"租房子不得花钱嘛。"

"你出去租一样花钱。"

"不一样,我去租花的是我的钱,那他们的钱不就省下来啦。"

张倩影狐疑地看我一眼,她今天戴了副细边眼镜,眼神却依旧不大好,车猛地后退了一下,我暗暗庆幸今天浩南和小北没跟在车边跑。

"不好意思,忘拉手刹了。"

"咿呀"一声,张倩影拉起手刹,"上回那个修车的小伙子是不是说这个车要做保养了?得花多少钱啊?"

"得了吧,二十多年的车还做什么保养。"我不以为然。

"还是去做做吧。"张倩影从背后拿出环保袋,捻出几张百元钞票递给我。

"喂!陈志勇。"

我回头,傻强一人坐在餐桌边,桌上摆着一个烟灰缸和一瓶青岛,他看着我,我没理会他,继续往楼梯上走。

"陈志勇!"他一掌拍在桌上,见我停下,招手道:"你过来一下。"

我走到他跟前,面无表情看着他:"有屁快放。"

他皮肤有点黑,搁几年前还算是个长相端正的男人,现在每日喝酒,打牌,在车间里蹉跎,胖了,老了,肚子垂在腰带外。

他艰难地从牛仔裤口袋里抽出一个黄色信封,拍在桌面,我拿起来,打开瞄一眼,"少了点,这点钱去青旅租个床位都不够。"我把里面的钱取出来塞进口袋,信封丢回桌上。

傻强往嘴里灌一口啤酒,"不够去找陈美芬要,我就这么点。"

有时候我真挺佩服傻强的,他的自尊可高可低,根据现实状况随意做调整,老话就叫"能屈能伸",在女人面前他的自尊尤其高,绝不允许女人侮辱他,他老婆要敢骂他一句窝囊废他就能暴起抽她。但在比他强壮的男人面前,比如他小舅子面前,自尊就低下去一些了,无赖耍得很自然,看得出,无赖就是他的常态。

"行,钱给够了我就去找房子。"我用有商有量的语气回答他。

"陈志勇,你他妈还是人吗?"酒瓶重重地磕在桌上。

我懒得和他废话,转身上楼。

晚上陈美芬来敲我的门。

"你不该那样和他说话。"

"有其他事吗?"我已经三十岁,不需要别人再来教我礼貌。

"他爸病得更重了,得尽快住院,他妈妈和姐姐听说家里还不能住,说要再等等。"

"等什么?我不走他们就不治了是吧?"我怒极反笑,"你不能在医院附近给他们租个房吗?"

"我提过,他妈妈嫌医院附近晦气。"

"晦气?那我是不是也能嫌他们一家晦气?"

"不要这样说话!"陈美芬声调严厉,"你为什么要说这种话?"

"还想我怎么样?"我一阵烦躁,"要我搬出去,总得给我时间找地方吧,你们指望一说完我马上能搬走?"

"我这有一点钱,下班去取的,你先拿着。"陈美芬从塑料袋里拿出一沓钱,中间用崭新的扎钞纸捆着,这一捆大概得有一万吧?

"你给我钱他知道吗?"

"这是我的钱,我爱给谁给谁,不用经过谁允许。"陈美芬把钱塞到我手里,"我知道现在租房子贵,你多看几套,找个条件好点的。"

"钱我自己有。"我把钱推回她手中。

陈美芬愣了下,将钱和塑料袋一股脑塞回给我,"叫你拿着就拿着。"

"别再给我惹事。"她回头瞪我。

……

You can beat him, you can cheat him, you can treat him bad
And leave him when he's down, yeah
But I'm ready, yes I'm ready for you

"我跟你说话你到底听见没有?"张倩影将耳机从我耳蜗里扯出来。

歌单正播到 *Another one bites the dust*,我有点生气,这首歌的贝斯可带感,"你干吗?"我把耳机线抢回手中。

张倩影右手架在椅背上,"你没听见啊?"

"没有,你说什么?"我关掉音乐,把耳机塞进口袋。

"那里。"她指窗外。

"什么呀?"

她把玻璃窗移开,手伸到窗外,往我脑袋的斜后方指,我将头伸出去看，是那块"海里大草原欢迎您"的广告牌。

"怎么了？"我依然不明白。

"我刚才说，咱俩开车到那个地方去，怎么样？"张倩影松垂的眼皮下，一双眼闪着光，她抬起下巴，"你不是刚好要从家里搬出来吗？"

"你是说，你跟我，开车？开去海里大草原？"我的反应有些迟钝，但总算明白她在说什么。

"你就别逗了，就算你今天通过了科目三，就算我们回头都拿了驾照，你敢在马路上开车吗？开玩笑，谁敢让你开啊？而且车呢？拿什么车开到大草原？"

"你爸那辆车呢？"

"那辆不行，不知道什么时候就散架了。"

"不会吧？让那个修车的小伙子帮忙修一下。"

"你不是说真的吧？"

"真的啊，我说真的，你出车，我出油费，如果再有其他的费用，咱俩平摊。"

张倩影的脸映照在浓重的红色夕阳光里，不像在开玩笑。

07 鸠占了鹊巢

家里热闹得跟过年似的。

地上堆满大包小包的行李,傻强的姐姐熟门熟路在厨房炒菜,吸油烟机发出比平时更大的噪音,却也掩盖不住傻强他妈妈的嗓门,她一面到处翻箱倒柜,一面尖声喊:"哎呀这是什么时候买的花菇?怎么也不煮?这种干货不能放的,他姐啊,拿去一块煮了啊。"

见我进屋,坐在沙发的傻强他爸拘谨地站了起来。

"回来啦?"他露出讨好的笑脸。

"爸,你干吗,坐下!"傻强坐他爸对面,侧过身不爽地瞪我一眼。

"下班啦?"他爸依然殷切地望着我。

"嗯,你来啦?"我对他点头,又在他热情的注视下对厨房里的他妈和他姐打招呼道:"做饭呐?"

他姐和他妈没他爸会来事,都只是脸部肌肉抽了抽,权当作了回应。

"带了茶叶,在老家自己种的,来尝尝?"他爸拿起桌上红茶罐。

"不啦，你们喝吧，我去洗把脸。"我往楼上走。

傻强其实应该算入赘了我们家，孩子都跟陈美芬姓陈，傻强原名周明强，家里有三个兄弟，三个姐妹，他是老幺，入了城市户口住城市的房，他家里不反对他入赘，入赘嘛，叫法而已，关键时刻，住在城里的儿子难道不管自家的娘老子吗。

我对傻强爸的印象不坏，他对谁都是那副懦弱讨好的面孔，偶遇一个环卫工人都能和人嘘寒问暖半天，他这个人吧，怎么说？表里如一。

我回屋，打开窗户，热气从外面扑进来，蝉鸣此起彼伏。

陈美芬推电动车进了院子，两个孩子从车上滑下来，对着门口惊喜地喊："奶奶！"看来是站在门口迎接能干的儿媳妇了。

"哎哟，我的乖孙孙！"傻强妈激昂热烈的声音。

陈美芬的表情有些怪异，她抬头望向二楼，我站在窗口，漠然地和她对上视线。

"我完全不知道他们今天就来。"她的表情说。

"得了吧。"我的表情回她。

我打电话给修车王，就是上回那个修车小哥，手机上不知道什么时候给他存了这么个名字。

我说："我那台狗夫如果想跑趟长途，你觉得行吗？"

修车王说话依然磕磕巴巴："长途，有，多长？"

我犹豫："大概，应该有大半个中国这么长吧？"

修车王说："不，不好说，说，说不好。"

我问:"一万块够吗?"

修车王反问:"够,够什么?"

我问:"够修成能跑大半个中国?"

修车王说:"不一定,得,仔细检查一遍。"

我说:"行,那你现在过来,我跟你一块去检查。"

我拿上背包,装了车钥匙和钱,本想悄没声息地溜出去,却被傻强他爸叫住。

"马上要吃饭了,还出去啊?"他微微弓着背,抬起眼看我,这站姿,说不准比得上英国哪个老管家。

"你们吃吧,我有点事。"

"吃完再去吧?马上好了。"他指着餐桌,真诚地挽留。

幸好这时傻强过来拉他,"爱出去就出去,你管他干吗?"

陈美芬在摆碗筷,回头看我一眼。

修车王把自己的折叠自行车塞进后备厢。

"你开?我,我开?"他望着我。

"废话,我要能开的话还喊你来干吗,我不会自己开去你店里吗?"

"也是,也是啊。"他呵呵地傻笑起来。

我现在有点怀疑修车王,他的傻是出于纯真呢,还是出于一种因为要说服顾客花钱而不得不采取的良善伪装,如果是后者,那我觉得他有点牛逼。

修车王车开得很稳,路过坑洼路面时颠簸也很轻微。

"你，什么时候拿，拿驾照？"他瞄了一眼后视镜。

"快的话下礼拜。"我说。

"新、新手开旧车，好，刮、刮了也不心疼。"他说。

"你觉得这部车开着有什么明显的问题没有？"我懒得应付他，切入正题。

"轮胎，应该要换，刹车油、刹车片，和机油，要、要换一下，空调……"

"空调就别去管它了，坏了没事。"

"机、机头，如果要听歌，也要换一个。"

"行，最好换个能放CD的，能连蓝牙的更好，音响是好的吗？"

"还、还可以吧！"

"这车估计好几年没年检，车牌不知道是不是也过期了，这些你们店能帮解决吗？"

"得看看，一会，我问问。"

"行，我这有一万，你看着花吧。"我从包里拿出陈美芬给的那撂钱，扔在修车王面前的仪表台上。

08 绑上铺盖卷

我回家时，陈美芬在洗碗，浩南和小北在餐桌上画画，"妈妈，舅舅回来啦！"小北抬头看到我，奶声奶气对厨房喊了一声。

"他们呢？"我问。

"爸爸爷爷奶奶大姑去医院了。"小北抢答。

陈美芬用干布擦了擦手，"去哪了？吃过没？我给你留了饭。"

"已经吃了，"我讨厌看她忙前忙后的样子，"我回来收拾东西，一会就走。"我转头看着傻强的家人堆在客厅里的行李。

"舅舅你要走去哪里？"小北问。陈美芬皱着眉走到我面前，"这么快能找到房子？你别是因为他们来了就要走吧？没必要的，我跟明强可以先在客厅打地铺凑合一下。"

"那你高看我了，我没那么伟大。"

"真找到了吗？房子在哪一块？"

"北里。"我说。

"那么远？我怎么听着那么不放心呢？一会我跟你一块去看看。"

"别，我求你别这么做，还记得上高中那年你送我去寝室不？又打扫又铺床，我被寝室那帮蠢驴笑了整整三年。"

"哈哈,蠢驴。"浩南和小北笑着重复这个词。

"都说是蠢驴了还在乎他们干吗?"陈美芬警惕起来,"你不会骗人吧?"

"跟我一块练车的张老太,记得吗?我就住她家,她把客房租给我了。"我跟陈美芬摊牌。

"舅舅你去张奶奶家玩吗?我可以去吗?"小北咬着铅笔头。

"那个张老太啊,她家人呢?她家人不反对吧?"陈美芬追问。

"她一个人住。"

"一个人啊?她老伴呢?孩子呢?"

"没老伴,没孩子,独居,行吗?"

"怎么会没老伴?"陈美芬嘀咕。

"喂!那你把她家地址留给我哦,要详细点的。"她的声音从楼下传来。

张倩影开门后愣了一会。

我拖着个行李箱,背上绑着铺盖卷儿,手里拎着两双脏兮兮的球鞋,"对不住,有点突然哈?"

"怎么不提前给我打个电话?"张倩影扶了扶眼镜,把门开彻底了站到一边迎我进屋。

"事发突然,他们一家把行李都搬来了,一个胃癌晚期加两个女人,总不能让他们打地铺。"

我把手中脏鞋放在鞋柜旁,脱了鞋,光着脚踩在地板上,张倩影从鞋柜里拿出一次性拖鞋扔地上,"先穿吧。"我换上棉拖鞋,由她领着进屋。

张倩影的家很干净，窗明几净，家具少，东西少，地上铺的是老式几何花砖，泛着经常拖洗养护的亮光，出去阳台的门敞开着，旁边棕红色木头长椅靠窗摆放，风吹起窗帘，茶几上一个透明长颈瓶，瓶中那枝孤零零的雏菊转了个方向。

"你住这屋。"张老太打开阳台边的房门，"没来得及收拾。"

"没事，我自己弄就行。"我跟着进了房间。

房内有一半的空间堆放着密封的纸箱，另一边摆了张空空的单人铁床，没别的东西了，根本不用收拾。"挺好的，我这个铺盖卷一放下就能睡，太适合我了。"我解下胸口的绑带，把这一大包被褥枕头卸下。

"你这算是答应了对吧？就上次说的那事。"张倩影倚着门框。

"对，答应了。"

"真答应了？"她不大相信的样子，"我查一下，那地方离咱这可有点远。"

"大半个中国呗，我也查了。"我翻出口袋里的烟，"你这禁烟吗？"

"屋里不准抽，抽烟去阳台，烟头和烟灰不准乱丢，先拿个矿泉水瓶装着。"

"行。"我走出去阳台。

张倩影给我搬出一把板凳，我坐下抽烟，观察着这个老居民楼。张倩影家在二楼，楼下是个小院子，院里有几垄整齐的菜地，靠墙那面的藤架上挂满翠绿的黄瓜，顶上还有新的黄瓜花争相开放，蜜蜂在花间弹起落下，我看得正出神，一个戴着草帽的老头从藤架下走出来，他仰头看我，一会把草帽也摘下，白得晃眼的头发下一张黑脸显得不怎么高兴,"你谁啊?在小张家干什么?"

小张是哪位?我还没想好怎么回答他,张倩影拿着一张地图走了出来,老头一眨眼就躲进藤架。哇靠,这速度!

"看什么呢?"张倩影往楼下望。

"没什么。"老头该不会是暗恋张倩影吧?我在心里发笑。

张倩影把地图摊开在阳台地面上,"你看,我们要从这,到这,走国道的话,"她指着地图上那条红线,"我算了,总共是四千一百公里,假设我们一天开四百公里,十天左右就能到。"

我脑中盘算着,一天开四百公里,算多还是算少呢?毕竟我和张老太都还没拿到驾照。

"咱们拿驾照的第一年按道理是不能上高速的,不过到时候再看看情况,如果开了一半觉得比较有信心呢,也可以改走高速,那样会更快些。"张倩影说。

我点点头,告诉张倩影车子已经送去检修,明天等修车王的电话,他会确定具体哪些零件需要替换。张倩影说自己约了明天科目四考试,我们两个又合计一番,预计两礼拜后能出发。

张倩影给我定了几条暂住守则,家里的摆设不能动,用完厕所要将马桶盖放下,屋里不能吸烟,在阳台抽烟要把窗户关上,不能让烟味飘进客厅,伙食费平摊,她负责做饭,我负责洗碗,洗好的碗要用干燥的布擦后再放入碗柜。

晚上张倩影做了两个简单的菜,味道呢,一般,比陈美芬好不到哪去,我在她的指导下洗了碗。

临睡前,我将床铺搬到了地上,如果不巧这几天在张倩影家犯病,好歹别污染了她的床。

09 冰箱便签贴

早上起床后,我火急火燎到厨房找水喝,有那个毛病后晚上我不敢多喝水,有时深夜都会被渴醒。

我从冰箱里拿出一瓶矿泉水,"咕隆隆"地灌一大口,瞥见冰箱门上贴着好几张便签:

"上午 8 点记得吃药。"

"药在房间床头柜第一个抽屉里。"

"下午 6 点半丢垃圾,垃圾桶在楼下右转的角落。"

"护工电话:130039×××××。"

张倩影从房间出来,拿烧水壶接水,我还仰着脖子猛饮,一不留神水灌到胸口,洒在厨房的地上。

"刚从沙漠回来啊?"张倩影斜着眼,好笑又好气地看着我。

"你生病了吗?"我抖抖胸口的湿衣服,拧紧瓶盖。

张倩影蓦然顿住:"病?什么病?"

我指着冰箱上的便签:"吃药啊,八点。"张倩影抬起手挽看表:"对,该吃药了。"

她返身回屋，拎出一大包东西，坐在客厅木椅上，解开塑料袋，拿出一张纸，一边念"大白瓶，一次两粒，绿盒子，也是两粒……"一边从包装里拿出相应的药粒。

我帮她倒了一杯水放茶几上："你吃的什么药啊？"

"老年人还能吃什么药，保健品呗。"张倩影把一堆药片拢在手心，一把塞进嘴，喝口水，喉咙滚了滚全咽下去了。

我伸手想拿一盒药来看看，被张倩影用力拍了下手背。"我就看看。"我抚着被打疼的手。

"怎么？你是也想吃，还是有意见？"张倩影把塑料袋重新绑紧。

"我没意见啊，我最支持老年人买保健品了，想花多少钱买都行，要能当着那些痛心疾首的亲戚的面买，更好，他们呀，根本不关心你们这些老年人是上当还是受骗，他们只是惊讶你怎么有这么多钱？有这么多钱宁愿给那些不认识的骗子也不给我？这不存心气人嘛。"

张倩影被逗乐了："你倒是可以去推销保健品。"

"你以为卖保健品那么容易？报纸新闻上那些上当受骗的老年人只是少数，还有那些光试用不买的呢，什么体验活动他都来，来了又吃又拿，回去还喊亲戚朋友一起来，半屋都是他熟人，这些百无聊赖的老人，要没有卖保健品的陪他们消遣，他们还能找谁去？"

张倩影眼角的皱纹都笑开了，笑得直擦眼泪："你这么门清，不会真干过吧？"

看她笑得那么开心，我跟着开心起来，好久没跟人这么胡说八道了，以前我总跟陈美芬胡扯，后来她熟悉了我的套路，加上我总失业赖在家里，她早厌烦了。

反正我无事可做，就和张倩影一起坐公交去科目四考场。

"题你都刷了，就跟科目一差不多，但要特别注意那些图片，有一道题很邪恶，图上的小人一边开车一边打电话说，喝了点酒去驾校考个本玩玩，然后问你图中的人犯了几个错误，你要留神看他系没系安全带，如果没系就是四个错误，打电话，酒驾，无证驾驶，没系安全带。"

"知道啦，你都说两遍了。"张倩影坐我前面的红座椅，这一站上来一个孕妇，她起身把位子让给孕妇，抓着椅背站到我身边，孕妇跟张倩影道谢，眼睛直直盯着坐在位上岿然不动的我，皱着眉露出鄙夷的神情。

张倩影顺利通过科目四，我在考场外跟她击掌庆祝，我们决定马上去看看修车王的进度。

"喂，你也不至于一动没动吧。"我和张倩影站在狗夫车边上，它被塞在一辆报废车和一堆破轮胎旁。

"大、大哥，我店里有，急活，你的又，又不急。"修车王从车底滑出来，脸上粘着黑机油。

话虽如此，但这也太打击士气了吧，我们兴致勃勃以为能开走了呢。

"下、下礼拜五，再来吧。"

我跟张倩影经历了情绪的起起落落,有点丧气地回家了,没想到在家门口还遇到一个惊喜,不,是四个。

楼下那个白发老头领着陈美芬和两个孩子站在张倩影的家门口,孩子一看到我们就扑了过来,我张开手,两个孩子路过我扑到张倩影身上,"张奶奶,我好想你呀。"

我讪讪地放下手,看陈美芬:"你们怎么来了?"

"我看她们在楼道转半天,就给领来了。"白发老头像个汉奸似的把草帽按在胸口,对张倩影点头哈腰的。

"谢谢啊老刘,进来一起喝杯茶?"

"不了不了,我还去接孙子放学。"老刘转身急走了两步,又回头道:"你们慢聊。"

陈美芬手里拎着一袋水果,对张倩影礼貌地微笑着,说:"真不好意思,今天我下班早,去幼儿园接了孩子,就想说顺道来看看志勇,不会打扰你吧?"

"不会不会,快进来吧。"张倩影打开门,被孩子们簇拥着进屋。

"顺道?从西村幼儿园顺道到这里,有五十分钟车程吧?"我跟在陈美芬背后讥讽她。

陈美芬进屋后将水果放在桌上,眼睛开始到处瞟:"挺大的呀,厨房可真干净,志勇你住哪间?"

张倩影拿出一盒曲奇饼干打开给孩子们吃,浩南和小北不客气地一手抓一块。

"看够没?看够就回去了。"我盯着陈美芬,想起当年她送我去高中报到挨个和我同寝室男生聊天的情景,问人家的学习成绩，家庭背景，拜托他们以后多照顾我，那三年我的确受了他们不少的"照顾"。

"这屋里怎么堆这么多纸箱呀？纸箱会吸潮，容易长霉菌，这能睡得好吗？诶？志勇，这里一个月要付多少钱？"陈美芬这些年好像新增了某种人格障碍，在需要的时候她能完全做到无视第三人的存在。

我走到客厅一手夹起一个吃饼干的娃，将陈美芬一路轰到了门外。

10 拿驾照上路

修车王再一次给我们演示如何换轮胎。

"如果是后胎坏了,就直接换,如果是前胎,要先把后胎换到前胎,再把备、备胎装在后胎。"他用脚踩着千斤顶摇臂松螺帽,"一定,要在上千斤顶之前,先松螺帽,不然千斤顶顶上去后就借不着力了。"

我和张倩影认真地学习着,两人还上手操作了一遍。

"记住,车如果爆胎,要先开到安全的地方,再停车,打双闪,挂倒挡,拉手刹,放三、三角标志。"我和张老太频频点头。

"车子维修后已经一切正常,轮胎气压正常,蓄电池,机件正常,喇叭,转向灯,刹车灯,照明灯,雨刮器,坏的都给换了,机,机头换了一个能连蓝牙的,后备厢给你们备了,千斤顶,备胎,工具箱,整套。"

"啧,不愧是修车王,牛×!"我拍拍他的肩。

"真是谢谢你了小王。"张倩影上前想和他握手。

"我、我不姓王。"修车王说。

"怎么会?不可能。"我不信,我手机里给他备注着名字呢。

我开车载着张倩影回家，我俩前后都收到了驾照，行李早已收拾好，我提议："干脆我们今天就走。"

张倩影毫不犹豫，说："我觉得行。"

"你说修车王不姓王，能姓什么？"我还纳闷这件事。

后面的车一直按喇叭，害得我在路中间连续熄火三次，毕竟是第一次上路，情有可原嘛，可张倩影没什么同理心，一路眉头紧锁，两手很紧张地抓着车顶扶手。我心里有点不爽，张倩影有点侮辱人了，她那点车技还敢先嫌弃我？

"很紧张啊？"我问。

"如果说的是我的生命的话，是的。"刚说完，她大喊："看车！"右车道上的奔驰忽然变道，狗夫的车头差点蹭到它屁股。

"操，这傻×怎么不打灯？"我愤怒地按喇叭，狗夫车的喇叭嘶哑而沉闷，毫无生气。

张倩影摇了摇头："回去我得往药箱里再装点速效救心丸。"

张倩影清理完所有垃圾，关掉门窗和电闸，反复确认好几次后她才依依不舍地下楼把钥匙委托给楼下老刘，两人不知聊啥，我在车里等了她一个小时。

行李全装好放后备厢，后座上堆着两箱水和一些吃的。

"你确定不用告诉你姐姐吗？"张倩影坐进副驾，绑好安全带。

"我是个三十岁的成年男人，有权利决定自己要去哪！"我打火，挂挡，松开离合器，车子发出怪叫。

"你没放手刹呢。"张倩影的灰眼睛冷静地看着我。

"哈，是啊，我竟然忘记放手刹。"我干巴巴地笑了两声，还没上路就一直在张倩影面前出丑，我真的好不爽。

手刹放下后，车子缓缓动起来，我小心翼翼地查看左右后视镜，防止路边忽然有小孩跑出来，不得不说，在马路上开车跟在练车场开感觉很不一样，我变得特别紧张，整个肩膀和手臂都是僵硬的。

"你开得也太慢啦。"张倩影盯着仪表盘，时速指针一直没超过40。

"这里是市区，车多人多，当然要注意观察。"我握在方向盘上的手已经汗津津。

"你很热啊？流那么多汗，"张倩影拨弄着操作台上的按键，"哪个是空调？"

"那个，空调坏了，没修。"

"哦，那就没办法了。"

"我不热，"我把手伸到胸口上擦了擦手汗，"就是第一次上路，有点紧张。"

"没事，你慢慢开呗。"张倩影同情地看了我一眼。

估计开了十多公里，快到市郊了，我要求在路边停车休息一会，我的脖子和手臂已经麻痹。张倩影一路都欲言又止，最后试探地问要不要换她来开车，我拒绝了，起码得让我把车开出这个市，而且我心里正在憋气，驾考后张倩影已经十来天没摸过车，一会换她开说不准还要出什么岔子，我得稳住。

离开市界，路面的车少了许多，我试着踩油门加速，"看，我飙到了60。"

张倩影掩嘴笑："60都敢叫飙车啦？"

我有点不高兴："你这人怎么这样？刚上路就打击队友，这速度我已经快把控不住方向盘，你别站着说话不腰疼，待会看你开成什么样。"

正说话，左车道一辆蓝色马自达忽然变道，我猛踩刹车，惯性前冲的身体被安全带勒回到座位上，我愤怒地重重拍打着喇叭，马自达不为所动，故意慢下速度，悠悠地在左右车道间来回变换。

我们的车熄火了，我转动钥匙重新启动。

11 要不要搞他

"这种人就是傻×，等着吧，早晚被人狠揍一顿。"我望了一眼后视镜，确认后方没车，打灯，起步。张倩影调整了一下位置，眼睛直盯着前面的马自达，"你能不能开快点，超到它前头去？"

我不想在张老太面前丢脸，猛踩油门，狗夫车追赶到马自达后方时，它意识到我要超车，突然也提速狂飙起来，那冲刺速度跟狗夫车根本不是一个级别，甩出我们一段距离后，它又开始挑衅似的在左右道上变来变去。

"干啊！这白痴。"我一脚油门踩到底，满心只想追上去对这傻×司机竖中指。

"你没有升挡哦。"张倩影的声音无波无澜。

妈的，难怪速度跟不上去，我踩下离合器，升到四挡。蓝色马自达像有意要侮辱我，看我还没追上，它在前面慢了下来。

"路边停一下。"张倩影说。

"干吗？"我怒气冲冲。

"换我开开。"张倩影已经解开安全带。

"现在？"

"对，换我开开。"

张倩影绑好安全带，自言自语地把所有东西确认了一遍，"离合器在这里，刹车这里，这个是油门，换挡，手刹，起步要先看左面，发动汽车后打左灯……好了，我出发了哦。"她看着我。

"出发吧。"我摇下车窗，从口袋掏出被压扁的烟。

刚举起打火机点火，车突然窜了出去，我整个身子撞在椅背，烟没点着。

我惊讶地看向张倩影，她的表情坚毅，弓起背，眼睛直直盯着前方，换挡时一卡一顿，生涩的操作却不影响她踩油门，随着不断升挡，车速已经是85，我叼着的烟粘在嘴唇上晃荡。

窗外的风猛灌进来，吹得我稍微清醒过来，双手赶紧拉住扶手："你不要命啦？"

"看我怎么追上那王八蛋！"张老太转头对我喊，她这一转头方向立即偏了一大截，车向左冲，她赶紧右摆，力度过大，车又向右冲，方向盘在她手里左右打颤，车跟着在路上左摇右摆，我吓蒙了，整个人都缩起来。

蓝色马自达发现了我们，它从右道移回左道，故意挡在我们前面。

张倩影往右猛打方向，狗夫车头斜过右道，车身紧挨着路牙而过，她还在持续加速，我抓扶手的手青筋都爆出来，眼看就要超过蓝马，蓝马突然一记斜插，怼到我们前面，不仅如此，它还恶意地忽然减速。

老狗夫拖出一条长长的刹车痕，声若哀鸣。

我还惊魂未定，张倩影立刻重新打火、挂挡、加速冲了出去，她考科目三的时候要能有这劲头，绝不至于要考两次。

狗夫再次冲到蓝马后面，蓝马故技重施突然减速，但这回张倩影的脚像钉在了油门上，车还在持续加速向前冲。

"快停下，要撞上啦！"我喊道。

张倩影是头发怒的公牛，她的眼睛里现在只剩蓝马这块红布，不把它的屁股一头顶个稀巴烂她是不会罢休了，我不由自主地叫起来。

蓝马也吓到，大概没料到有人会突然发疯搏命，它当即拐向左边，我们的车擦着它的尾灯过去了，迟几秒肯定撞上！

超过蓝马时我和张倩影一块回头看那司机，他长着一张沟壑纵横状若斗牛梗的脸，盯着我们，像出闸前盯紧自己的猎物。

"完了。"我在心里哀叹。

"现在呢？"张老太问，"要不要搞他？"

我惊讶得说不出话，"搞他？"这老太太脑子里在想什么？"你看一下后面，再不加速逃命，他马上就要来搞我们了。"我话刚说完，蓝马的大马力引擎在后面发出"嗡嗡"声，没一会已经"嗖"地反超，它急驶于前，在弯道口忽地横甩车身，刹停在两车道中间。

我和张倩影坐在车里，蓝马的斗牛梗已经下车，他用力甩上车门，朝我们走过来。

"他可真够壮的。"张倩影说。

"可不是嘛。"我的手在座位底下摸索，运气好也许能摸出一把扳手。

斗牛梗走近，他俯身想看清驾驶座上的人。

"我去和他说，你在车里待着。"我解开安全带，深吸一口气，空手下去了。

"牛×嘛。"斗牛梗的眼神堪称典范，看我就像看案板上一块猪肉，他脸上那些抖动的横肉完全符合我对恶人的想象。

我从口袋里掏出被挤成一团的烟，捋直了点上一根，我不大确定接下来会发生什么，抽烟也不是为了让自己显得冷酷，只是想缓解一下手不知往哪放的尴尬。

"你妈妈啊？"斗牛梗指了指驾驶座上的张老太。

"唔。"我在烟雾里抬起头看他。

"有个妈妈就得好好地珍惜，没事别让这么老的妈妈开车，你知道路上多危险吗，多少人的妈说没就没了。"斗牛梗的表情像是轻蔑，又神奇地带点真诚。

他肯定不知道为什么挨的我这一巴掌。

其实我也有点后悔，打巴掌让我显得有点，呃，娘炮，斗牛梗只愣了两秒，沙包大的拳头立马落在我脸上，牙没掉已属万幸，后面我全程蜷在地上用两只手拼命抱住头。

张倩影不知道什么时候下车了，她拿出手机对着斗牛梗拍摄，反正我被踢了多久她就拍了多久，后来我回看视频，听到那一声声嗷嗷叫都还觉得肉疼。

"我已经打电话报警，"张倩影终于说话，"你接着打他啊，这孩子反正没出息，打死也好，打死他我就认你作干儿子，搬去你家住，咱一家和和美美地过日子。"

斗牛梗终于停脚，我松了口气，再不停我不知还能撑多久，他斜眼看张倩影，张倩影对他笑笑。

"神经病。"斗牛梗对地上的我呸了一口，转身走回自己的蓝马。

我从地上坐起来，吐出一口血沫，张倩影收起手机过来扶我。

"谢谢。"我说。

我蹲在地上，握着一瓶水不断漱口，嘴里还是泛着血腥味。

张倩影带着疑惑的神情问："你干吗打他？"

"没啊，我就想着他反正得打我，不如我先下手为强。"

"就这样？"

"就这样啊。"

我连上蓝牙，将音响的音量调大，播放皇后的 *The night comes down*：

Holding the world inside
Once I believed in everyone
Everyone and anyone can see
Oh oh the night comes down
……

张倩影继续开车，不开愤怒车后，她变回了驾校里那个张老太，把着方向盘，以三十五迈的速度缓缓前进，后面的车纷纷按着喇叭变道，从我们旁边飕飕地飞驰而过。

张倩影的眼睛在后视镜和我之间来回切换，欲言又止，过一会后又瞟我一眼。

"干吗？"我终于忍不住。

"能换个歌吗？"她问。

12 住不惯青旅

"想听什么?"我打开音乐播放软件。
"你放一首张学友的《烦恼歌》来听一下。"张倩影说。

> ……
> 除了呼吸其他不重要
> 除了现在什么都忘掉
> 心事像羽毛越飘越逍遥

唱到"越飘越逍遥"时,张倩影手指轻轻拍打方向盘,轻声跟着一起和。

这一刻对我来说既诡异又滑稽,我俯身到车窗下,避着风把烟点燃,呼出一口烟雾,"没想到你喜欢这种风格的歌。"

"嗯,我是张学友的歌迷。"张倩影随着音乐轻晃着脑袋,一辆车超过我们,车内两个青年好奇地望着我们。

下午四点左右,张倩影终于把车开进东度市。

"今天要不就到这？马上天黑了，我们先找地方住下，明天早点出发。"我提议。

张倩影同意。

我搜索附近的便宜旅馆，找到一家有床位的青旅，张倩影按照导航慢吞吞开了二十分钟，到停车场又花了半小时停车。

我从后备厢中拎出我们俩的箱子，锁好车门，张倩影伸手想拉自己的箱子。

"不用，我可是个青壮年。"我一手拎一个箱子，往旅馆里走。

"你们酒店还有什么房间？"张倩影问前台小妹。

前台小妹先是惊讶地看着张倩影身后鼻青脸肿的我，犹豫着用一种谨慎的语气回答张倩影："我们这不是酒店哦，是青年旅馆，青年旅馆的房间都比较小，房内只配备最基础的设施，如果您对设施和环境有较高要求的话，我们旅馆可能不大符合您的预期呢。"

"哦，那你们宾馆有标间吗？"张倩影又问。

前台小妹微笑，"标间今天已经订完。"

"就给我们两个床位吧。"我凑到前面说。

"那麻烦两位将身份证给我登记一下。"

"什么是床位？"张倩影和我照着前台小妹的指引往里面走，她扭过头悄声问我。

"你去看了就知道。"我说。

狭小的房间里上上下下挤了八个床铺，床上挂满各式毛巾衣服，男男女女们在其中走动，空气里混合着洗发水和臭袜子的味道，张倩影抓紧我的手臂,"我不能住这里。"

屋内的人齐齐望向我们,有一个男生忽然从床上跳起来,叫道:"噢!是你们!"

我认出他,是今天开车经过我们时回头打量我们那对青年中的一个。

张倩影像揪救命稻草似的狠揪我胳膊肘,那个高大的平头男生光着脚在地上找拖鞋,他像见着熟人似的冲到我跟前,"没想到在这里还能碰到你们。"干啊,他的牙齿可真白,笑起来简直像在拍牙膏广告。

"你哪位啊?"我皱着眉,不想给这陌生人好脸色。

"不好意思,我叫Harrison Zhang,我今天在路上看到你们了,在和一辆蓝色的车飙车噢。"他冲我挤眉弄眼,好像知晓了什么秘密。

我心里嘀咕,什么鬼名字,你最好是个外国人,不然我就打掉你的大门牙。

张倩影一个劲把我往外拉,"走吧,我不住这。"我现在浑身都很痛,又累得半死,实在不想折腾换地方,劝她道:"就今天凑合一晚行吗?你看这么晚了?"张倩影往房间里瞅一眼,坚定地摇头。

"嘿,我今天有看到你开车噢,Cool,你第一次住青旅吗?我带我爸爸第一次住青旅的时候他和你一模一样,It's all right,你试一次看看啊,也许你会喜欢呢?"

这个哈瑞试着帮我劝张倩影,但她明显不吃这一套,阴沉着脸孔没搭腔,受到冷落后哈瑞不甚在意,耸耸肩,自己又接茬说:

"看来你真的很不喜欢这里,让我去问问 Susan,也许她能帮你找到另外一个房间。"

他从我们身边挤出去,Susan 应该是指前台小妹,我把自己的行李丢到床上,与张倩影一起走回前台。

前台苏三很喜欢哈瑞,在他面前娇笑连连,看得人莫名来气。

"是这样的张女士,今晚其他房型的房间全定出去了,不过如果您有需要,我们还有一个小房间是预留给晚班员工休息的,您不介意的话我可以将那个房间腾出给您。"

"这个房间要和其他人一起住吗?"张倩影紧张地问。

"不需要的,房间仅供您一人使用。"苏三微笑着。

"可以可以,就它,谢谢啊。"张倩影的脸总算松弛了一些,她掏出钱包补了房间的费用。

"That's cool!"哈瑞欢呼。

"所以你们都是美国人?"

洗了澡,我和哈瑞还有他朋友卫斯理买了啤酒在青旅的院子里喝。

"No,他是美国人,我是中国台湾人。"卫斯理说。

"这是我第一次来中国,我爷爷是广州人,奶奶是福建人,他们在我小时候跟我讲很多中国的事,这次我来中国的旅费也是他们赞助的。"哈瑞的眼神澄澈,脸上带着被老一辈灌输了太多乡愁后莫名热烈的情感,可怜的家伙。

"张女士是你的母亲吗?"哈瑞好奇地望着我,一瓶啤酒下肚,我已经没那么讨厌他。

"不是，我们只是驾校的同学。"

"你们为什么会一起公路旅行呢？You know, She's a little bit too old to travel."

我在脑中回忆着英语单词，又在肚里遣词造句半天："There was no particular reason, We can do whatever we want."

哈瑞和卫斯理同时愣住，随即二人欢呼起来，"You are so fucking cool, man."哈瑞举起啤酒跟我碰杯。

应该没语法错误吧，我讪讪地想。

13 环保许愿树

早上,趁着床位间的人都没醒,我进厕所换下了成人纸尿裤。

拿花洒冲了冲不怎么干净的镜子,望着镜中自己那张青色的脸,"如果哪天让人发现我穿纸尿裤,我就当场自杀。"我用手刮掉镜子上的水。

鬼鬼祟祟往青旅外走出一段路,我才把绑紧的垃圾袋丢进路边的垃圾桶。

回来时,张倩影已经将行李收拾好,正在找前台苏三倒水准备吃药,哈瑞和卫斯理也出来了,他们热情地邀请我和张倩影一块去附近的一个寺庙。

"这本游记上讲,那个寺庙有一棵许愿树,非常灵的。"卫斯理举起一本《游遍中国》,翻到其中一页,凑到张倩影面前想给她看。

"勇,和我们一起去吗?"哈瑞问。

我望向张倩影,她把卫斯理的书推开,专心致志地往手心里倒保健药丸,凑齐所有药丸后,她仰头将它们一口吞下。

我问道:"一块去吗?顺便去吃个早饭。"

张倩影点头，把药瓶一个个拧紧放回塑料袋后说："走吧。"

"喂，看什么呢？"我推了推哈瑞，他的视线从张倩影的塑料袋上转回到我脸上，似乎带着疑惑。

我们的车跟在哈瑞和卫斯理的车后面，他们开的是一辆雪佛兰，车牌粤字打头，看来是从广州一路开过来的。

"昨天睡得好吗？"我打破沉默。

"还行。"淡淡的语气。

"昨天仓促了些，如果你不喜欢青旅，以后我们尽量住宾馆或酒店，行吗？"我决定先服个软。

张倩影掩着嘴打哈欠，精神萎靡不足，说："昨晚我睡得很差，房间隔音不好，隔壁人打呼噜我都听得见。"她揉了揉脸，埋怨地瞪我一眼。

我松了口气，女人瞪你，基本就是不跟你计较的意思。

"勇，你开车太慢啦，因为要等你，我都不踩油门。"停好车，哈瑞走过来抱怨，"下次还是让 Mrs 张来开吧。"

"是 Miss 张。"张倩影纠正他。

哈瑞窘迫地红了脸，嘀咕道："Sorry."

我们逛了一圈寺庙，找到那棵挂满红布条的榕树，在服务点每人花十块买了块红布条。

"Miss 张，你的愿望是什么？"哈瑞凑近张倩影，弯下腰想看她写了什么，张倩影张开手掌盖住字。

"出入平安。"我念出了卫斯理红布上的字。

"怎么样?"他问。"不错。"我说。

"你的呢?"我把我那张给他看,"五畜兴旺。"他念出来,我们俩相视一笑。

"你写了什么?"我问哈瑞,他用上半身压住红布不给我看,"This is a secret."

服务点的人非常专业,他帮我们把红布扔到树上,一扔一个准,每条布都稳稳地落在树杈上。"牛×。"我为他鼓掌。

"我们在这告别吧。"我刚说完就被哈瑞紧紧抱住,他的粗胳膊勒得我差点窒息。

松开我之后,他还想上前去抱张倩影,张倩影伸手隔住他,哈瑞顺势抓起张倩影的两只手,热切又用力地晃了好几下后说:"Take care of yourself."

卫斯理递给我一张卡片,"我们会顺着海岸线继续往前开,最终会去到这个地方,如果你们有经过那里,也许我们还能再见。"我低头看卡片,正面印着钢琴的黑白键、萨克斯风,还有话筒的剪影,背面是一张简易地图。

我把卡片收进口袋,对卫斯理点点头。

我发动汽车驶离停车场,后视镜里,哈瑞站在原地对我们挥手。

"你说寺庙里那些许愿红布他们多久清理一次?"等红绿灯时,我的手轻拍着车门,"一个月?还是两个月?清理的话是不是也得留一些,不然下批游客来了岂不穿帮?"

"要的吧?洗一洗,把红布上的墨洗掉,晒干以后又能给人写了。"张倩影戴上眼镜,手指在手机屏幕上滑动。

"他们真会这么干吗?"

"这样挺好,环保。"

张倩影拿着她的手机,问我怎样连接蓝牙,我把车停靠到路边,教会她连接蓝牙后才重新上路。"像咱们这种新手司机,千万不能逞强,有百分之六十的车祸是因为司机边开车边低头看手机造成的。"我严肃地教育张老太。

车厢里响起张学友的《旧情绵绵》:

> 回头当天的一切像泡影
> 原来天荒地老总会明

"我能不能问你一个问题?"

"问呗。"

"你为什么会喜欢张学友?"

"我为什么不能喜欢张学友?"

"不是说你不能喜欢他,我就是觉得呢,你和我认识的老人都不一样,我知道的那些老太太不是喜欢带孙子就是喜欢捡破烂,要么唱唱红歌,跳跳广场舞,当然不是所有人都那样,你不喜欢那种也正常,但张学友……好像很难一下子把你跟他联系起来。"

"那我跟谁比较能联系起来?蒋大为?还是宋祖英?"

我莫名一阵心虚:"哎呀,我就随便说一下,你不要搞得那么紧张,我挺喜欢宋祖英的。"

"你说这种话真没礼貌。"张倩影将音乐的音量调低,冷冷看我一眼。

"不会吧?"我有点吃惊,我说什么了?

"你是不是特看不起那些唱红歌跳广场舞的老太太?"

"没有啦,我虽然不大喜欢她们,但要说看不起她们就有点夸张了。"

"你问过她们为什么爱唱红歌吗?"

"没有。"

"那干吗问我为什么喜欢张学友呢?要有个二三十岁的姑娘喜欢张学友,你会好奇地去问吗?不会吧?喜欢谁是人家自由,但你为什么问我?歌迷有年龄限制吗?不是嘛,因为我是个老太婆,你印象里我们这些老太婆就是喜欢捡垃圾,唱红歌,跳广场舞,我们生来就这样吧?然后吃剩菜,所有老太婆都爱,对不对?你说我跟你认识的那些老太婆不一样,实际上在你眼里的我们有什么区别?都是老太婆而已,只是我这个老太婆更怪,更不正常,对吧。"张倩影的嘴唇紧紧抿成一条线。

"不对不对,你等等,先等下,"我调整了坐姿,"首先,我还有点不明白你说的是什么意思,是我哪句话惹你不高兴了吗?那我给你道歉,对不起,我不是故意的,而且我真没有你说的那个意思。"

"我说的哪个意思?"

"大概是说我不大尊重老年人,是那意思吗?"

"得,对牛弹琴了。"
"我……"

14 张学友歌迷

我扭头看一眼张老太,她垂着头,眼皮耷拉,估计还在生气。

我们经过很大的一片稻田,田垄上是赶牛犁地的农夫,蹚进浑水泥田,光膀子农夫配合着轻落到牛身上的短鞭,虚张声势地大声吆喝,农妇们草帽下包头巾,弯下腰在田中插秧,半大的孩童把翠绿的稻苗扎紧成一捆一捆,准确抛到妇女身后,新鲜泥土的气味混杂着草香,面对如此生机盎然的农耕景象,我感到心旷神怡。

但张倩影完全不被触动,她萎靡地靠在椅背,脸上的皱纹似乎凭空多了几条。

"我投降好吗?"外面是清新自由的空气,车厢里却是凝固窒息的沉默,我实在受不了啦。

张倩影抬了抬眼皮。

"我真不明白你为什么生气。"

"谁说我生气?"

"两小时一言不发,还叫没生气?我到底哪句话惹到你了?"张倩影从袋里取出眼镜盒,摘下眼镜放进去,又摸出一条手帕,揉了揉发红的眼睛。

"你哭了？"我惊讶道。

"没有，干眼症，十老九干，没听说过吗？人老了泪腺就干，眼睛坏了。"她轻轻地叹气，"你是不是觉得我莫名其妙，太会来事？"

"还行吧。"

"我以前就发现了，家里有兄弟姐妹的人都特别知道怎么伤害别人，估计是因为从小有人拿来练手，大的对打压小的熟门熟路，小的也能轻易发现大的处心积虑藏起的秘密。"她悠悠转向我，"你觉得自己会故意摧毁别人很在意的东西来伤害他吗？"

"不会，我为什么要这么做？"车子即将进入隧道，我把车灯打开。

"没有为什么，就好像伤口结痂有人会去抠，脸上有痘有人会去挤，伤害别人，从他人的痛苦里获得平静，也是人的一种天性。"

"你是说，我像个变态那样，故意说些话来刺激你，然后看你特别痛苦，我就特别平静？"我感到不可思议，脑中冒出一个词——被迫害妄想症。

"你是吗？"张倩影问。

"是个鬼哦，我又没病。"

"你敢说你没有用这种方式伤害过你姐姐？"

"哧！"急刹车让我和张老太的身子都往前冲去。

我解下安全带，"嘭"地踢开车门，绕车暴走了一圈，最后停在车前盖，我握起双拳奋力地砸向上面，车完好无损，我却痛得龇牙咧嘴。

"张老太你有病吧？你有什么资格评价我和陈美芬的关系？"我甩着痛得要命的手，对副驾里的张倩影叫道。

张倩影不急不缓地打开车门，从车头绕到驾驶座，钻进去，发动汽车，把车从主干道开进应急车道，按了双闪，才下车走到我面前，"再气也不能把车停在路中间啊。"

"你倒不忘遵守交规。"我鼻子里哼气，掏出烟点上。

"生气啦？我刚才就是给你做个示范，语言是怎么伤人的。"张倩影佯装无辜。

我吞吐着烟雾，说："看出你伤人了，但没看出是在做示范。"

张倩影身子靠在车门上，几辆车从我们旁边闪过，一辆白色大货车从隧道中出来，司机的手一直没从喇叭上挪开过，它一路尖叫着奔远。

"如果一个人跟你说出这种话，转头却责怪你太敏感，还说自己没有恶意，你信吗？"

"我不信，你就是故意的。"我转过脸看她。

"看吧，我也不信。"她微笑着。

我忽然发现，张倩影长了一张天真的面孔，皱纹、白头发，还有灰蒙蒙的眼睛，为她的天真平添了一份触目惊心，好像她本来还是个少女，却一夜衰老了，我不知道自己为什么生出这样的想法，这想法令我倒抽一口冷气。

"但一切跟他妈张学友到底有什么关系啊？"我猛地往肺里吸进一口烟，不明白谈话怎么发展到这里。

"问你为什么喜欢张学友，有那么难回答吗？二三十岁的女人我也会这么问啊，聊天嘛，找个话题而已，互相了解下兴趣爱好，我问你为什么喜欢，你随便答个理由就好啦，非把问题掰成你为什么不能喜欢，谁说你不能喜欢了？谁阻止你喜欢他了？你是不是有毛病啊？"

"哎……也许我真的有毛病吧。"张倩影的目光柔和了下来，我们沉默着，她脸庞上更添一份黯淡。

前方出了车祸，刚才那辆一路鸣笛的白色货车在转弯处和一辆福特车追尾了，两车停在路中，把两个车道全挡住了。两部车的司机站在车旁，一边打电话一边操着我听不懂的方言互骂。

"冲过去吗？"张倩影转过脸来问我。

"冲什么？怎么冲？车道全堵住呢。"

"那。"她指着路边缘的小斜坡。

我伸长脖子看，斜坡大约有三米宽，坡度差不多有四十多度，下面是个碎石滩，中间流着一条几乎干涸的小溪。

"有点悬，不小心掉下去的话就上不来了。"

"试试。"张倩影果断地挂挡，小心避着前面的车，车头向斜坡外探出去。

周围的人发出惊呼，我比他们更紧张，死命地抓住车把手。

"呀！快回正！"眼见着车头要整个掉下去，我大喊道。

张倩影缓缓转方向盘，抽空还一挡换二挡，车身慢慢摆正，一半在斜坡，一半在路面，左摇右晃地开始往前开。

两个原本吵得快要打起来的司机愣愣地望着我们从他们旁边开过去，超到他们前面后，张倩影立即右转将车开回到路面。

"怎么样，姜还是老的辣吧？"她转头对我灿烂一笑。

我给她比个大拇哥，在裤子上擦擦冒出的手汗。

"你不打算跟我道个歉吗？"我把脚缩在副驾的座位上，一路盯着张倩影，我觉得我快把她的脸看出个洞来了。

张倩影双手握着方向盘，脖子前伸后缩，随着张学友《在你身边》的旋律前后摆动着身体。

"嘿，这点事还要道歉啊？"她一副无所谓的语气。

> 你的温柔让我逐渐深陷
> 每天总是期待看你一遍 哦
> 爱的感觉这么强烈
> 我怎能否决

起初我以为她是不好意思，故意装疯卖傻逃避内疚的情绪，慢慢地我发觉自己想多了，她随着音乐晃动时没有一丝勉强，完全一副乐在其中的样子。

我第一次见有人可以听张学友的情歌摇摆成这样。

我和张倩影商量好了，以后谁开车，谁就掌握歌曲播放权，无论播的什么歌，另一个都不能有废话，我在这事上做得比较好，再难受都忍着，张倩影不行，我后来一放皇后乐队的歌，她就把车窗摇下，仿佛他们的歌是毒气，最后干脆做了一副卫生纸耳塞。

出了省，进入一段长长的山路，路上几乎没有别的车，崇山峻岭，各种绿色从山上层层叠叠地铺堆下来，我把车窗摇下，让新鲜的空气充盈在车内。

张倩影一只手托着头斜靠在窗框上，半边的脸随着夕阳的沉落显得疲倦，暮色携雾而来，整个山林归于沉默。

"新手请用两只手握方向盘。"我提醒她。

张倩影没说话。

"往前开半小时就是青云镇，我们可以在那落脚。"我以为她在担心今晚的住宿。

"好啊。"她的声音有些沙哑。

"我跟你说过吗？我有个大哥，我很小的时候他常开着车载我去兜风，我们跑到很远的地方，有时也会经过这样的山路。"张倩影的侧脸淹没在夜色中。

"是吗，你有个大哥？"

"他从前要教我开车，我不肯学，我说，你会开就行了，我要去哪里你就载我去。"

"然后呢？"

"他说，学会了总归是自己的，想去哪，自己去就可以，不用求人。"

"他还活着吗？"

"不知道，应该活着吧？"

"不是你亲大哥？"

"是亲大哥。"

到达青云镇已经是晚上八点,我们找到镇上唯一的宾馆,房间不贵,要了两个单间,在前台买了两盒泡面,将就着吃了。

15 青云猪脚粉

　　我被手机震动的声音吵醒,不情愿地翻个身,手在床头柜上摸索,拿到手机后艰难地睁开眼,屏幕上全是陈美芬发来的微信。
　　"起来了吗?"
　　"怎么没人开门,我过来送一床空调被,天太热,厚被该换了。"
　　"邻居老头说你们开车出去,去哪啦?"
　　"回一下,在哪里?"
　　"再不回我就去报警啦。"
　　妈的,神经病!我坐起,抓过床边那包瘪掉的烟,撕大开口,往床单上一倒,仅剩的一根烟和烟屑飘到白床单上,我叼起烟,走到窗边的茶几旁拿打火机。
　　"喂,志勇,你在哪?"话筒里传来陈美芬急促的声音。
　　"外面。"
　　"你跟张老太开车出去了吗?你们在哪?"
　　"青云镇。"
　　"去青云镇干吗?"
　　"旅游。"

"你，你不好好去找工作，竟然拿着我的钱去旅游？"陈美芬的声音听起来气得不轻。

"行啦，没事我挂了。"

"喂喂！志勇，你什么时候回来？"

"不一定，看看。"

"那个张老太什么人呀？你别轻信别人，她哄骗你出去的吗？"

"喂，陈美芬，我三十岁了。"

四周静寂，只有我和张倩影踩在石子路上"沙沙"的声音，宾馆的前台大姐介绍我们去附近一家叫黄记米粉的小店吃猪脚米粉，她说那是附近最出名的一家小吃店，好多城里人会在周末特意开车来吃。

"你有没有觉得今天哪怪怪的？"张倩影问，"像忘了什么事。"

"没有。"我低着头继续走。

猪脚米粉很一般，一碗二十块，贵了，我把碗里全是骨头的猪脚夹到一边，加一勺辣椒油，胡乱扒拉两口米粉，张倩影早早停了筷，她盯着对面一个坐在土地公神龛下泡茶的男人，他戴着一条小拇指粗的金项链，塑料打火机和白烟盒整整齐齐地码在烟灰缸上。

"你猜他是谁？"张倩影努努嘴。

我看一眼，说："老板吧？"

"那收银的，厨房里的，跑堂的，又都是谁？"

我观察着前前后后那几个女人："也许是他老妈，老婆，姐妹？"

"他什么活都不干？"

"也许是他老妈、老婆、姐妹不让他干。"

"为什么?"

"嫌他碍手碍脚吧?你看他那样,去厨房也只能添乱。"

"你去问问他。"张倩影推我一下。

"我才不干呢。"我白了她一眼。

"那我去问。"

"你神经病啊,问这干吗。"我拉住她。

"你刚才不是真要去问那男人吧?"我把行李丢进后备厢,压下厢盖。

"什么男人?"张倩影问。

"猪脚米粉店那个男人啊。"这老太太是鱼吗?七秒的记忆。

张倩影像在回忆,"哦,对了!我手机没电了。"她突然有点紧张,从环保袋里掏出手机递给我,急切道:"快帮我充电。"

我接过她的手机,打开车门给它插上充电线,张倩影坐进副驾,紧抱环保袋盯着手机看,直到屏幕上的电池图标由红色变回绿色,她的神情才放松下来,"昨晚我找不着充电器,会不会落在上一个旅馆忘拿了?"

"没事,你先用我这条线。"

我把座椅往后推,调整靠背,将后视镜掰到一个新角度。

"今天如果能再开五百公里,就能到兴平市,你好像是兴平人对吧?上次帮你一起拿驾照,瞄到上面的地址。"我看一眼张倩影,她没什么反应。

"对,我是兴平人,不过已经二十多年没回去了。"

"不用回去看家人吗?"

"不用,我家人都死光了。"

"不是还有一个大哥吗?"

张倩影抬起头,眼睛在后视镜里和我对上,"你怎么知道我有个大哥?"

"你昨天自己说的。"

"我说了吗?"她像在努力思索。

"他是个什么样的人啊,你大哥?"

"你问这个干吗?"张倩影警惕地瞥我一眼。

"没有啦,你上回说很小的时候他常载你去兜风,我就有点好奇,你那个年代,应该很少有家庭买得起汽车吧?"

"我家吧,也不算普通家庭,"张倩影的语速放慢,神情有些恍惚,"当年我才四五岁,大哥很喜欢车,兴平市第一辆进口汽车就是他买来的,哎,他从街上开着那辆车过去,不知有多威风,多气派呢。"讲到这,她的声音透着股骄傲。

"那你岂不是白富美?"我笑着问。

"什么白呀美的,没这种说法,那年头就叫地主、资本家小姐。"

"你们家有很多地吗?"

"地多宅多铺子多,听我爷说,他年轻的时候,一条街都是我家的。"

"哇!厉害呀,没想到我是跟个富婆在出游啊。"

"呵,富什么,早没了,那年我八岁,看街上热闹跑出去,跟着人群一块斗地主分土地,闹半天才明白,原来分的是我家的地啊。"张倩影笑起来。

"后来呢?"

"后来?还能有什么后来。"

我把车停在一棵树下,我和张倩影就着矿泉水配面包,权当午饭。

这条路上几乎没有别的车,这让我有点担心,难道走错路了?我在手机上反复确认,导航是要我走这条路没错,按路线指示,继续往前开三小时,就到兴平市。

我借故说去探路,找到个隐蔽的地方撒了泡尿,我寻思着,也许张倩影也需要解决下生理问题,就溜达得稍微久一点才往回走。

"还以为你迷路了呢。"张倩影坐在副驾里没好气。

我笑笑,坐进车,转动钥匙发动汽车。

眼前反正只有一条路,只管往前开就好,我关了导航,连接蓝牙播皇后的歌。

"你听得懂吗?"张倩影忽然问。

我冷笑道:"你这是歧视。"

"所以你听得懂?不过你看着像是高中都没念完那种人。"

我很想轻描淡写地反驳她,骂她一句狗眼看人低,我可是个有货真价实高中毕业证的男人,然而我只是张着嘴,什么话都没有说出来。

"高中没毕业还不让人听歌啦?"我最后憋出这么一句。

张倩影点了点头,"所以真的没毕业喏?"

"你和你大哥又为什么不联系了?"我反击地问。

"谁说我们不联系了?"

"别逗了,你二十多年没回去,又说家人死光,难不成你们还经常打电话啊?"

"那倒没有,我们一般用写信。"她刁滑地一笑。

张倩影在环保袋里翻找,"找到啦!"她拿出一个扁扁的布包,从里头摸出一张小小的方形照片,伸到我面前,"喏,中间最高的就是我大哥。"

山路崎岖,我不敢分神,只迅速瞟一眼,"挺帅的。"我就客气一下,这么小一张黑白照片,站着好几个人,她大哥什么样根本没看清。

"我大哥比我大十四岁,以前很疼我,他被我爷送出国的时候我才六岁,我爷这人,精着呢,他让大哥带走几箱他最宝贝的古董,叮嘱他说,叫他回来的时候才能回来,后来要不是这几箱宝贝,我们家估计也翻不了身。"

"那你爷爷还蛮有远见。"

"真有远见就该举家逃了,心里还存着个念想呗。"

"后来呢?"

"嘿哟,我发现你这人很爱问后来呢。"张倩影轻笑,笑完又叹一口气,"大哥走第二年,全国开始'土改',我家的地啊田啊都被分了,家里住进来好几户农民,他们不知打哪听说我家的地下藏了金条,掘地三尺,到处挖,真把我爷藏在后院地底下的一批珍贵字画给挖了出来，农民不懂啊，一看不是金银细软，气得全毁了，我爷就是护那些字画的时候被打伤，瘫了。"

"哇靠！"我惊叫，"这也太狠了。"

"算了，不说啦，那年头这种事太多喽，说不过来。"

沉默了几分钟后，张倩影忽然想起什么，转头问我："和你姐姐联系过了吗？"

"有啦，打过电话了，"想起陈美芬歇斯底里的样子，我觉得好烦，"你说女人是不是一旦结婚生孩子就会越变越疯狂啊？陈美芬她以前很聪明的，高中时候成绩一直保持在年级前十，照那样她原本可以考一个很好的大学，以后会找到一份很好的工作，最后肯定会遇到一个比周明强好一万倍的人，就因为周明强，她什么都不要了。

"你知道吗，她把我爸妈的保险金全拿去给周明强做生意，那可是我俩上大学的钱，呵。

"钱没就没了吧，反正我不爱念书，既然她决定不念大学，就不念吧，为周明强辍学，跟他结婚，给他生了两个孩子，可那个混蛋做什么了？除了喝醉后打老婆，还有什么能耐？他还是人吗？"

不知道为什么，我突然涌起一股倾诉的欲望，我开始刹不住地跟张倩影讲起那些年的事，我越说越激动，再一次从口袋掏烟时才发现烟没了，天渐渐暗下来，我打开了车大灯。

"你知道什么最可恨吗？守着个烂人不放手是最可恨的。"

四周在我毫无察觉时陷入了一片漆黑，只有车前的一小片亮光在山路上移动着。

我絮絮叨叨地继续抱怨,将这些年受的苦水一并倒出,从十岁被陈美芬锁在家里,到现在被逼得有家不能回,我对这个唯一的亲人积攒下的怨气,大到连自己都吓一跳。

张倩影一直安静地听着。

16 前方山崩塌

"前方山体崩塌,请绕道而行。"

车大灯照着竖在路中间的指示牌。

"不可能吧?导航明明让我走这条路的,你等会,我下去看看。"

我打开手机的灯,照着路面往前走,走过指示牌大约二三十米,透过手机照出的微光,我看到那条不宽的路被滑落的大石块和黄土完全覆盖,车要开过去是不可能的。

"妈的。"我看眼时间,已经是晚上九点半。

回到车上,我跟张倩影说明了情况,她像早有心理准备,并没表现得多吃惊,"现在往回赶的话,什么时候能到市区?"

我拿起手机重新规划了路线:"太远了,从这重新开回到大路,再到兴平,估计天都亮了。"我回望来时的山路,现在已完全乌麻麻一片,这样的路我可不敢让张倩影开,大白天她都能看错路,这么黑,万一她看岔,我们就连人带车直接翻山底了。

没办法了。

"没办法了,看来我们只能原地休息。"张倩影说。

"休息?"我原本想着我先慢慢将车开回到大路,有路灯亮堂点的地方再换张倩影开。

"路太黑,咱的车灯不怎么够亮,我眼神不大好,你又连续开了好几个小时了,咱俩现在都不适合开车,要不就原地休息一夜,天亮再往回开吧。"

张倩影走到车尾拉开后备厢,我帮她把两个行李箱提放在地上,她拍了拍被压扁在后备厢底部的编织袋,打开顶上拉链,取出了一条厚毯:"还好我有准备。"

"我说这一大袋到底什么玩意,竟然还装了毛毯。"

"不止呢,还有帐篷,防潮垫,睡袋。"

"你逃难啊?"我惊得张大嘴。

我不敢睡,睁着眼睛。

在后座躺着的张倩影已经发出均匀的呼吸声,不知是不是睡着了。

"你真不要毯子吗?"她忽然出声。

"不用,你盖吧。"

"睡袋呢?"

"你那羽绒睡袋钻进去得中暑吧?"

"那,你拿件厚点的衣服盖着点,窗关上些,晚上露水重。"

"行,你睡吧。"

"你睡着了吗?"张倩影的声音带点惆怅。

"还没。"我闭着眼,把椅背调得低一些,座椅上老旧的布料散发出一股霉尘味,跟这夜晚正搭。

"你想过自己有一天会睡在车上吗?像个流浪汉。"张倩影轻笑道。

"像流浪汉一样倒是想过，但不是睡在车上，是睡在公园的长椅上。"

我把一只手枕在头底下，侧过头望着窗外漫天闪烁的星，山林深邃漆黑，夜空绀青广阔，湿润的泥土味混杂着青草香在空气中飘荡。

"你跟你姐姐……说过那些吗？"她犹豫地问。

"说来干吗？"我的手再一次摸向空瘪的口袋，为什么会忘了买烟？明天绝不能忘记去买一整条烟放在车里，哎，多么长的夜。

"我算不算是多管闲事啊？"张倩影翻了个身，"我觉得她挺关心你，不过，谁知道呢，哎，你当我没说吧。"车内沉寂了。

"不过啊，我真喜欢那两个孩子，她教得蛮好。"

"你还是快睡吧。"

原本指望她睡着后我悄悄打开行李箱拿纸尿裤，换上纸尿裤好歹能安心眯一会，现在看今晚是别想睡了，一夜而已，撑一撑就过去了。

这样想着，眼皮却渐渐沉重。

我又站到那片大雨中。

漆黑，漆黑，触摸得到的漆黑，像蛇的皮，有冰冷凹凸的鳞片，它贴紧我裸露的皮肤，滑过，雨落下，浓稠黏腻的汁液顺着我的脸流进我的脖子，我想大喊，想尖叫，想挣脱那恶心的漆黑，我的胃在翻涌，胸膛在燃烧，我所有的挣扎只能在脑海中进行，我在漆黑中，像一只蟋蚁无声无息地被埋入融化的糖堆。

"啊！啊！"

我听见自己在尖叫，张倩影拍着我的肩膀焦急地问，"没事吧？你怎么了？"

当我恢复一丝神志，立即拉开车门跳了出去。

果然，裤底已经湿了，而且还没完，我像个被身体驱逐的人，眼睁睁看着裤脚不断地往下滴着尿，更多的顺着小腿涌入到鞋子里，最终在鞋底汇成了一摊。

我惊恐看着从后门下来的张倩影，四周很黑，我祈祷着她不要看到这一切。

她没有继续走来，只是担忧地问："没事吧？"

"没事，做了个噩梦。"我强迫自己冷静，脑中迅速地跳出几种方案，我可以跑进树林里找一个有水的地方跳过去，回来说掉到湖里了，或者我假装去小便，回来就说忽然窜出一个黑影，吓得我尿到裤子上，或者我现在跑到前面那个崩塌的地方坐在黄土堆里滚一滚。

我马上意识到这些想法有多荒谬，我抬起头，缓缓对张倩影说："你先进车里吧，我吓出一身汗，到后面换个衣服。"

"哦。"她没再多问，钻进车里，关上了车门。

我把脱下的长裤内裤还有鞋子袜子揉成一团，塞在路边一棵大树后。

穿着干净的裤子，光着脚，坐回驾驶座，还好座位上只湿了一点，等到明早应该蒸发得差不多了，我挪了挪屁股，将湿掉的那半边空出来。

我不知那时的自己是怎么想的,竟然乐观地以为张倩影什么都不知道,我那样地脆弱,只选择自己敢相信的东西去信,如果我清醒点,就会发现东方的天空已经泛白,光线虽然昏暗,但也足够看清对面的人正尿裤子。

那是我没办法接受的。

车内再次安静,我以为张倩影睡着了,回头却与她探究的目光对上。

她轻轻闭上眼:"我再睡一会,天亮了叫我。"

"行,你睡吧。"我说。

17 兴平大饭店

从加油站出来，我把车停在路边，张倩影坐在后排舒展双臂，现在是上午十点，距离兴平市还有八公里。

"现在怎么安排？"我回头问。

"今天先找个地方好好休息，明天再继续出发。"张倩影乐于做决定，行程交给她安排我也省心，没事她就会拿出地图在上面圈圈画画，虽然最终靠的还是手机导航。

"直接去兴平大饭店吧。"她抬起头说。

"大饭店啊，听起来可不便宜，"想起自己卡里就剩五千多块，我有点肉疼，"先说好啊，太贵的我住不起。"我发动汽车，按导航的指示往前行驶。

"到兴平就不用你付钱啦。"透进车窗的阳光因为路面颠簸而在张倩影的脸上跳来跳去，她看上去心情不错，索性大方地表示今天吃的住的，全由她请客，她脸上那种兴奋是我之前没见过的。

"兴平大饭店不仅是全市最好的酒店，也是全市最好的餐厅。"

"你一定要尝尝平湖鱼，那是兴平市最有名的一道菜，平湖的湖很小，鱼很少，四季里只有夏天鱼最肥，只在兴平市吃得到，十足金贵，我还是孩子时，父亲常在下午带我去吃，但他会防着我吃多，吃多了晚饭就吃不下，被我母亲骂。"张倩影笑了起来，笑容是无意识的，久久地挂在脸上。

我穿着客房里的一次性拖鞋进了餐厅，服务生带我入位。

张倩影还没过来，我有点忐忑，服务生长了张正经八百的脸，我不确定他是看穿了我的穷酸，还是高级餐厅的服务员就是比较有尊严，他把餐单递给我后，只说了句"有需要随时叫我"就走了，如果能明确他就是怠慢，而非在遵循某种传统，我会更自在一些。

我忍了又忍才阻止住自己去问服务生"这里能不能抽烟"。

我的手指在口袋抚摸着烟盒，一回到城里我立刻买了两条烟放进后备厢。

如今卖烟的听说你要整条地买烟，都很不高兴，跑三家店才凑齐两条烟。香烟这东西不贵，在成瘾系列里算性价比比较高的，每个烟鬼到柜台上火急火燎地向外掏钱时，售货员也许会有救苦救难的感觉，我猜，假如有一个劫匪到便利店打劫，"把烟统统交出来"和"把钱统统交出来"，售货员可能会毫不犹豫地选后者。

张倩影从门外走进来。

她换下了平日常穿的薄棉长袖衬衫和宽松随意的布裤，一袭黑色暗纹旗袍令她的身型突然拔高了，走动时隐约可见鎏金祥云图案闪动，腕上戴着一个翠绿镯子，抬起手将花白的头发别拢至耳后，脸上虽没妆，五官却透出一种别样的气质。

服务生上前，弯下腰。

"怎么干坐着？"张倩影对着我发问，脸上的沉闷却是摆给服务生看的。

"先生还没想好点什么菜。"服务生为张倩影拉开餐椅，脸上挂着个职业假笑。

"为什么不先拿一份面包过来？"张倩影的脸在头顶那巨大的水晶灯照耀下显得神色威严。

"不好意思，请稍等，马上去给您拿。"服务生躬身。

"不是给我拿，是给这位先生拿。"张倩影嘴边两道深深的法令纹表达着对服务生的嫌恶。

她不仅是换了一身衣服，也展现出一种强势，这种强势是习惯被尊重的人受不了别人的半分怠慢，她把菜单放一边，招手喊来另一个服务生，"要一份平湖鱼。"

"只要一份鱼是吗？"服务生问。

"对，只要鱼，再来两碗米饭。"她干脆地说。

服务生识相地收走菜单，迅速退下了。

"吃得饱吗？"我问。

"吃不饱。"她答得倒很干脆。

"不是吧？"我苦闷地想，这算哪门子请客，菜也不多点两个。

"来这种地方可不是为了吃饱的，真食客只吃餐厅里最好的那道菜。"

我笑道："但我现在饿得都前胸贴后背了。"

"那待会吃完饭再去便利店买个泡面呗。"张倩影认真地说。

鱼倒是不难吃，但要说是惊天美味，又不至于。

张倩影也有些失望："难不成他们家换了大厨？"她放下筷子，取餐巾压了压嘴角。

"喂，那边有个老头从刚刚就一直盯着你。"我指向斜前方，张倩影顺方向看去时，老头立即低下头。"他该不会看上你了吧？"我笑道。

张倩影看了一会，脸色由疑惑转为平静，"快吃吧，都吃完，别浪费了。"

我陪着张倩影去结账，服务员说："刚才一位先生已经结过了。"我望向那老头的座位，发现他已经走了。

"会不会是你认识的人？"我随张倩影走出餐厅，对她与老头的关系浮想联翩。

"不认识。"张倩影冷淡地说。

"那你不好奇吗？他为什么帮我们买单？"

"钱多呗。"张倩影瘪了下嘴。

这也许是我这辈子住过最豪华的客房。

豪华在我这不是指装潢，我才不在乎那玩意，豪华就两点，床够不够舒服，隔音够不够好。我陷进床垫，脸贴着软绵绵的被子，干燥，平滑，只闻得到织物飘出的香气而没有其他异味。

第二天被敲门声吵醒时，我耳朵持续了好一阵"嗡嗡"的耳鸣，一夜的安眠，脑袋有点不大适应，我光着脚去开门，门外除了张倩影还能有谁。

"走，吃早饭。"

"你自己去吧，我还想睡会。"踩在地毯上，地毯密实的绒毛挠得我脚心痒痒的，我可舍不得离开这房间。

"那不行，必须吃早餐，有个说法是，没吃过兴平大饭店的早餐就等于没住过兴平大饭店。"

"什么意思？"

"就是说，他们早饭做得特别好吃。"昨夜吃过了平湖鱼，张倩影竟然对兴平大饭店还这么有底气。

我跟随张倩影下楼，脚上依旧穿着酒店的一次性拖鞋，今天出发前必须去买双鞋才行。

我真后悔没多睡一会，这种不伦不类的自助早餐，吃得人形同嚼蜡，张倩影也是一副食不知味的样子。"哎哟，走啦走啦。"她把汤勺丢回盘子里。

走出餐厅，我快步往电梯间走，现在回房兴许还能再躺两三个小时，待会一定要磨蹭到最后一刻才退房。

进电梯才发现张倩影没跟上来，我愣了下，赶紧从电梯闪出，快步原路返回，张倩影还呆呆站在餐厅门口。

"你怎么回事？还站这发呆呢？"我伸手去拉她。

她往后躲了躲，手臂从我指尖上滑开。

那眼神是我未见的，陌生，带着惊恐。

"你怎么了？"我问。

"你是谁？"她说。

18　张老太有病

"别开玩笑啦。"我再次伸手想拉她。

这回她不仅闪开,还喊了起来:"你谁呀!"

餐厅门口来往的人停下脚步看着我们,原本在门口为食客引位的女服务员朝我们走过来。

"您好,请问发生什么事了吗?"她的身体贴近张倩影,看我的眼神带着戒备。

什么意思嘛!我看着像坏人吗?我朝她瞪回去。

"这人不知道是谁,一直想拉我走。"张倩影的食指指着我,惊吓的样子做得还挺逼真,女服务员看我一眼,拿起腰间的对讲机小声讲了句什么。

"先生,请问你认识这位婆婆吗?"

"婆婆?"张倩影丢开女服务员的手,摸着自己干瘦的脸颊走到一块大玻璃前,凝视着里面那矮小、灰暗的倒影,"我怎么这么老?"她像是在对我和女服务员发问。

她的眼神疑惑、涣散,茫然地盯着玻璃中的影子。

"张倩影,你怎么了?"我很诧异,终于意识到她不是在跟我开玩笑。

"先生,你最好不要过去。"女服务员挡在我面前,我绕过她,大步走向张倩影,我打量她,她像丢了魂,看着我,看着这个地方,眼睛里布满迷雾。

"你到底怎么了?"我的手按到她肩膀上。

她突然尖叫起来。

"你们凭什么把我带到这!"我的手被一副手铐铐在铁管上,一晃就咣当响,我感到既愤怒,又屈辱,"你们凭什么拷住我?"

"凭你是犯罪嫌疑人。"左侧办公桌正低头写字的年轻警察抬头看我一眼。

"老实点啊。"拿着文件从我身边路过时他不忘叮嘱一句。

张倩影和酒店的女服务员在另一间询问室跟一个年纪较大的警察说话,警察手中拿着本子和笔,时不时转头看我一眼。

妈的!这一切都叫我感到熟悉和恶心,当年傻强打陈美芬,我拿菜刀砍伤傻强,一样被这么铐着,陈美芬跪在地上哭,央求傻强别让他们带我走。

没用。

我在拘留所里待了一礼拜,陈美芬来接我时又哭,我想安慰她,想说没事,但我说不出口,我跟她从那时候起就没法说话了,我的声音被堵住,对她再也说不出什么抚慰的话,我们回到家,傻强坐在餐桌前沉默地喝酒,手臂上的刀伤已经结痂。

六年过去了,我真是一点长进都没有,还是可以随意地被人铐起。

我狠狠地摔着被铐住的手,铁铐锋利的边缘剐蹭手腕上的皮肤,火辣辣地疼。

年纪比较大的警察蹲下身,帮我打开手铐。

"激动个什么劲。"他也许是看到我手腕上的红肿,语气和缓下来,"这么一会就受不了啦?"

"能走了吗?"我沉着脸,不想跟他再多说一句。

"还有几个问题问你。"警察打开手中的本子。

我沉默着。

"姓名,年龄,籍贯。"他张嘴,条件反射似的问。

"所以你和张老太是一起自驾游的旅伴关系?"警察在本子上划了划。

"对。"我的手抖了抖,"能抽烟吗?"

"不好意思,这里不能抽烟。"

"你们是什么时间入住到兴平大饭店的?"

"昨天。"

"具体几点?"

"上午十一点左右。"

"你住哪个房间,张老太住哪个房间?"

"703 和 709。"

"你们是什么时间,在什么地方认识的?"

"四月底,洪飞驾校。"

"张老太之前出现过这种情况吗?"

"什么情况?"

"迷路，忘记人，说不清楚话，记错时间，或情绪失控？"

"没有。"

"你认识她以来她都一切正常吗？"

"什么意思？"

"……是这样，我们核对过你们身份，也和酒店前台确认过，你们的确是一起入住，停车场里也确实有你们的车。"

我盯着他，等着他把话说完。

"我们建议呢，你们先暂停这个自驾游，你最好立刻联系张老太的家人，让他们带她去医院检查一下，根据我们的经验呢，她这个年纪出现这种症状的人不少。"

"把话说清楚点行吗，什么症状？"

"阿尔茨海默病，也就是我们常说的，老年痴呆。"

"老赵，这个人说是张倩影的家人，来接她的。"小警察身后跟着一人，瘦矮，戴着一副金边眼镜，是昨天晚上在兴平饭店一直盯着张倩影的那老头。

"你？"我惊讶地望着他。

"你好。"他对我深深地鞠了个躬，"不好意思，给你添麻烦了。"

这老头看着少说有七八十岁，这种程度的鞠躬我真消受不起，手忙脚乱地赶紧给他扶起来。

"给你添麻烦了。"老头转身又要给叫老赵的警察鞠躬，老赵一下给挡住，"行啦行啦，在这签个字，人领走，记得带去医院做个检查。"

"那我们回家吧？"他抬起脸看着我，眼里满是真诚。

"呃，阿伯。"我有些尴尬，"你是不是搞错了，我跟你回哪门子家。"

"你是影姐儿的朋友，当然跟影姐儿一起回家呀。"他的面容清癯，笑的时候皱纹往耳边散开。

"影姐儿又是谁？"

"她呀。"他指着半张脸藏在门后偷看我们的张倩影。

"你是谁？"张倩影现在的神情很滑稽，噘着嘴，眼睛炯炯地盯着老头。

"影姐儿，是我，庄丙添，丙添呐。"老头笑着说。

"胡说，丙添哪有你那么老？"

"很老了吗？"庄丙添叹了口气，"是老啦，咱们好多年没见了，我老啦……对啦，我们先回家，大哥在家里等你。"

"我大哥？"张倩影侧目。

"对，你大哥。"

"这个人呢，怎么不抓起来？"张倩影指着我。

我的感受很复杂，面前这人既是张老太，又不是张老太，我认识的那个张老太好像被眼前这个有些跛扈的、顶着老年外貌却做着少女姿态的张倩影藏起来了。

"他跟我们一起回家哦，走吧，我们走吧，车子就停在外面。"庄丙添朝张倩影伸出手腕，张倩影自然而然地挽住他。

"为什么他要跟我们一起回家？"她悄声问。

"他是你的朋友哩。"

"胡说！我怎么会有穿得那么丑又不刮胡子的朋友？"

19 又来一老头

派出所大门口停着一辆一尘不染闪闪发亮的豪华宾利，我瞠目结舌，好不容易控制住自己拜金的心情没有上手去摸，不得了！看不出张倩影家的家底还这么殷实。

我走到后门的位置伸手拉车门。

"不是这辆啦。"庄丙添说，"是那辆啦。"

顺他指的方向看去，垃圾桶旁停了一辆看上去有些年头的黑色皇冠，走近一看，车顶因为漆面老化，有几处明显的斑驳。

"皇冠啊。"我喃喃着，依依不舍地回头看一眼宾利。

"你喜欢那辆车啊？"张倩影歪着头跟我一起望着宾利。

"还不赖。"我说。

"那你去坐那辆啊！"她坐进老皇冠的后座，用力关上车门。

庄丙添车开得太好了。

这是我第一次见识到什么叫会开车，二十多分钟的路没有一次急刹，既稳又快，在堵车路段迅速占领每个偶然空出的空隙，动作之快，叫后头的车意识不到他是在抢道，我坐在副驾，幻想着自己某天也能练出此等神出鬼没的驾驶技术。

庄丙添好像看穿我心中所想,笑道:"我开车好多年哩,大哥去美国那年,我十五岁,就开始帮家里开车。"

"你今年贵庚啊?"我问。

"七十五哩。"

"十五岁开车,今年七十五,那你岂不是开了六十年的车?"我赞叹。

"诶唷,那没有哩,中间有三十年咱家没车,大哥出国的第二年,家里那部老爷车充公了,变成接待领导的专用车,后来一直等到大哥他回来了,才又买一部新车。"

"你姓庄,跟张倩影应该不是兄妹吧?"

"算兄妹哩,我是张家的养子。"

"影姐儿她……"庄丙添本来还想说些什么,但他发现坐后排的张倩影正通过后视镜一动不动地盯着他,或者叫监视更合适,他便不再说话。

张家没有我想象中那种雕梁画栋的样子,只是一处破旧的围墙低矮的老房子,大门口既没有威风凛凛的石狮子,也没有硕大的一个牌匾写着"张府"什么的。

庄丙添的皇冠停到大门口时,半新不旧的铁门移开,车驶入院里,停进一个简易搭建的铁皮棚下。我打量着这座院落,干涸的假山池,枯死的景观树,花圃稀稀落落长着杂草。

张倩影呆呆地站在花园,脸上挂着诧异,"花呢?茉莉呢?月季呢?怎么变成这样?妈妈呢,她怎么不管了?"

"影姐儿，妈已经死了。"庄丙添说。

"死了？"张倩影的眼睛里又飘起那阵迷雾，"不可能啊，我昨天才见过她。"

"走哩影姐儿，大哥还在等你。"

我跟在他们的身后，看着他俩的背影，张倩影甚至比庄丙添高一些，站得也比他直，庄丙添完全是一个老人的身影，走进门，沿天井两边的屋檐下过去，跨进一道门槛很高的大门，大厅除了最里的高案上摆放着牌位和蜡烛，空空荡荡什么都没有。

庄丙添领头走入一条光线不足的过道，我看着他渐渐隐进黑暗里。

"我们怎么会在这里？"张倩影忽然停下，转过头惊讶地望着我。

这是我熟悉的那个张老太。

"你醒了？"我不知道为什么自己会说"你醒了"，刚才的她又不是睡着了。

"我怎么了？"她抓住我的手臂，脸上有一种惊吓和急切，"我什么都不记得了。"

"影姐儿，丙添你还认得吗？"庄丙添已经走了回来，他表情变了，和刚才的适然不同，这会的他显得拘谨，僵硬。

"这几天是不是忘吃药了？"他小心翼翼地问。

"吃药……对，忘了，在青山镇那天手机没电闹铃没响，然后就开始忘了。"张倩影的声音松散了，精神随之涣散。

吃药？原来那些药片不是保健品？

"难怪了，"庄丙添说道，"药必须按时吃才行哩。"

"我怎么来这了?"张倩影向庄丙添睨去,"你带我回来的?你带我回来干吗?"

"大哥想见你,他最近越来越糊涂,有时半夜会走到你的屋里去喊你。"庄丙添向她走了一小步。

"是吗?"张倩影面无表情,"看来大哥已经病入膏肓了。"

庄丙添垂下视线,两只手搓着:"我带你去见他。"

"我不想见他。"张倩影转过身,对我说:"我们走吧。"

"姑姑来啦。"

当我们走回空旷的大厅,有个约莫五十岁的女人走进来,她穿一身墨绿色丝绸连衣裙,高高的鼻子,薄嘴唇,细长柳叶眉下生着一双温柔的眼睛,眼睛旁边是黑色眼线的衍生——细细的鱼尾纹,她的笑容令人放松,当她的目光落在我脚上的酒店拖鞋时,我别扭地想把脚藏起来。

"你是?"女人看着我,又寻求答案似的望向庄丙添。

"这是志勇,是影姐儿的朋友。"庄丙添忙上前介绍。

"你好,你好,欢迎你来。"她上前跟我握了一下手,力道不轻不重,含笑的双眼令人如沐春风。

"小心呐,美人蛇。"张倩影在我背后小声含混地吐槽。

"看过爸爸了吗?"说话间,美妇人亲亲热热地挽住张倩影的胳膊,张倩影求助地望向庄丙添,我猜她这回是遇到克星了吧。

"还没哩,刚准备进去。"庄丙添咧着嘴笑。

"那一起进去吧。"美妇人挽着张倩影,张倩影像只被猎人用绳索套住脖子的猎物,任由她拖着,再次往那片幽暗里去。

但，我为什么要跟在他们后面？他们去看什么大哥，我一个陌生人跟去干吗？我停下来："那个，你们一家去就好了，我到院子里抽根烟。"

我在地上碾灭了两个烟头，回想着发生的一切，张倩影得了老年痴呆，却还约我一起开车出来，我自始至终不知道她得了病，她有个大哥，生着一样的病，她家有一个养子同时是他家的司机，已经七十五岁，绿裙子女人叫她姑姑，就是她侄女，她大哥的女儿。

我点燃第三根烟时，大门的铁门移开了，一辆红色Minicooper开进院子。

车停下，一个年轻女人从驾驶座利索地钻出来，她穿着白衬衫和牛仔裤，马尾扎得高高的，头皮被紧紧地扯住，单看她的脸我就知道这是另一个张家女人，太像了，不论是张倩影还是美妇人，或是眼前这年轻女人，她们的眉眼实在太像了。

她一边望向我，一边帮后座的人拉开门，笨拙的中年男人和圆润的中年女人从车里爬出来，他们见我站在庭院里抽烟，都露出惊讶的表情。

"你是谁？"年轻女人先朝我走过来。

我有点后悔站在这里抽烟，在年轻女人面前我还残存着一些自尊，虽然不至于妄想被她们喜爱，但也不想穿着酒店拖鞋胡子拉碴地蹲在地上抽烟，被当成二流子。

根据张小尧后来的回忆，她当时很肯定，我是从某个精神病院逃脱的病号，不小心翻墙跳进了她家。

我站起来，下意识地将夹着烟的手藏到身后。

"我是张倩影的，朋友。"我沿用了庄丙添的说法，不然也不知道还有什么别的称谓。

两个中年人径直进了屋，年轻女人"哦"了一声，说，"我叫张小尧，是张倩影的侄孙女。"

20 张宅的午饭

我根本不想留在这吃午饭。

有病吧？我干吗要跟一群陌生人吃午饭？

但庄丙添说："如果你不留下，影姐儿会很为难哩，这是一顿团圆饭，亲人都会回来，"他感慨道，"家里已经好多年没这么齐整哩。"

那关我什么事啊？我心里直犯嘀咕，庄丙添那张老脸闪着期盼的红光，我说不出太直白的拒绝的话，"我和他们都不认识，你们一家团聚，我一个外人在这，不大好。"我有些焦虑，低头又瞧见自己的酒店拖鞋，想到在饭桌上可能会被他们一家齐齐打量，我浑身就像蚂蚁爬过。

"没关系哩，我也不怎么认识他们。"庄丙添认为这是在安慰我。

后来我才知道，张倩影根本没有留我吃饭的意思，甚至连她自己也不想待在这里，她托庄丙添捎的原话是："我们赶紧走。"

等在天井中那张临时搭起的大圆桌前见到她时，她的脸阴沉得很，抬起头阴阳怪气地问我："听说你非要留下来吃个午饭再走？"

我转头看旁边的庄丙添，他若无其事地坐在张倩影身边，将我也拉到他身旁坐下，"年轻人不吃饭哪成啊？"他像在替我做解释。

不知道是不是庄丙添故意安排，张小尧坐到我身边，她坐下后隔着我和庄丙添与张倩影随意地聊了起来，我有些纳闷，她们的关系明显熟络过其他人。

张家人刚好坐满一张大桌，庄丙添为我简单介绍，为首那个坐在轮椅上、剃着光头、眼神呆滞、脸庞浮肿、胸前挂了围脖的老头，是张倩影的大哥张慕光，坐他右边的护工阿姨时不时帮他擦着口水。

绿裙的美妇人是张慕光的大女儿张芊芊，张芊芊身边坐着她的一双儿女，还是学生模样。坐张倩影旁边的是张慕光的小女儿张盈盈。这女人从进屋开始便很聒噪，一刻不停地讲话，她身材臃肿，穿一条酱紫色紧身裙，整个人像根发亮的茄子，难以想象她跟优雅的张芊芊会是亲姐妹，受她连珠炮大嗓门荼毒的人是张小尧的爸爸，也就是张慕光的二儿子张舟远，旁边坐着他太太。

老三张盈盈拉着张倩影说话。

"姑姑，咱们好几年没见了哟，爸爸现在可糊涂了，问他事，十件有九件说不知道，问他我是谁呀，不知道，问他家里还有什么宝贝没有呀，也不知道。"张盈盈边说边朝老大张芊芊睨去，"不过这些事呀，大姐最清楚，以后还是得问大姐。"

张芊芊在帮护工给张慕光喂饭，她耐心地安抚着不肯咀嚼的张慕光，对老三的话没做回应。

"爸现在什么人都不认，只认大姐，嘿，姑姑你倒是给评评理，同样是爸的女儿，他怎么就那么偏心呢。"

"你要天天给他这么喂饭，兴许他也能记得你。"张倩影嘴角挂着嘲讽的笑。

"我也想啊，但你不知道，爸他不给我喂呀，我亲手熬了药带来，哪回不是给他摔在地上。"说完她意味深长地瞥了眼张芊芊，"也不知是中了什么邪。"

"苦嘞，大哥最不喜欢吃中药哩。"庄丙添插话。

"行呀，那我下回煮个冰糖燕窝。"张盈盈堆着笑脸。

煮饭的阿姨开始往外端菜，餐桌上安静下来，所有人轻轻地往自己碗里夹菜，我端起碗，扒拉了几口白米饭。

"来，吃菜，吃菜。"庄丙添往我的碗里夹菜，"你也多吃点。"他夹起一块肉放在张倩影面前的碟子上。

"姑姑这次回来待几天呀？一个人在外面没个照应，干脆搬回家来住吧？"张盈盈说这话时不经意地瞥向张芊芊，张芊芊低头喝汤，毫无反应。

"不过还得先问过大姐，现在家里是大姐做主，二哥都说不上话呢。"张盈盈笑着接过阿姨递给她的饭。

"姑姑这些年一直独自住在北里，清净自在，咱爸现在这样，老屋这边只有一个护工跟着照顾，姑姑回来肯定得受累，小妹你还是别为难她了。"张舟远的太太不咸不淡地说道。

张盈盈翻了翻眼皮，张开嘴还想说什么，被张小尧抢白道："吃个饭还那么多话，不怕噎着。"

"你！你这孩子，怎么说话呢？"张盈盈不满地看向她二哥二嫂。

我看热闹不嫌事大,在心里偷笑。

"倩倩!"眼神呆滞的张慕光忽然拿起手里的木勺对张小尧叫道。

"爸,我在这。"张芊芊以为是在喊她,轻轻拍了拍张慕光的手臂。

"爸喊的是倩倩,是叫姑姑呢。"张盈盈像在忍笑。

张芊芊的两个孩子一直在默默地吃菜,除了刚落座时挨个地叫人问好,从始至终没有说一句多余的话,男孩见我饶有兴趣地打量着他们,不好意思地对我笑了一下。

"倩倩,过来,这边坐。"张慕光拍了拍桌子。

"爷爷,我是小尧,姑奶奶在那里。"张小尧指向张倩影,但张慕光仿佛什么都没听到,嘴里依然叫着"倩倩",拿着木勺敲桌子。

"疯了。"张小尧翻了一个白眼。

我侧头看张倩影,她凝视着张慕光,眼中充满了悲伤。

"喂,庄爷爷说你跟我姑奶奶一起自驾游?"张小尧转过头低声问我。

"算是吧。"被搭话,我有点受宠若惊。

"她什么时候拿的驾照?"

"刚拿不久。"

"你们打算去哪?"

"有个地方叫海里大草原,听说过吗?"

"没,在哪?远吗?"

"挺远，离这大概有三千多四千公里。"

"哇，这么远？你们开什么车去？"

"我有辆一代狗夫。"

"一代？没开玩笑？国内有还能动的一代狗夫？"她眼里闪着光。

"有，当年的二手车。"我的心怦怦跳。

"大家听我说两句行吗？"庄丙添有些犹豫地站了起来。

所有人抬头看他，庄丙添环视一圈，说道："我哩，想接影姐儿回来住。"

"住嘴！"张倩影像受到惊吓，脸色变得相当难看。

庄丙添望着张倩影，没理会她威胁的目光，继续说道："这些年哩我攒了点钱，影姐儿回来就跟我和大哥一起住这老屋，现在我腿脚还利索，能照顾着点，等我也不行哩，再多雇两个护工。"庄丙添说完这些话，怯弱地看向张芊芊。

"庄叔叔，您言重了。"张芊芊站起来，走到庄丙添面前轻轻握他的手，"一家人不要说这种见外的话，这个家难道不也是你的家，不也是姑姑的家吗？姑姑想回来随时可以回来，不用经过任何人同意。"

"你是不是觉得我大姑特美，特温柔？"张小尧在我旁边小声地说，"我大姑跟着爷爷在国外长大的，她跟我爸和三姑不是一个妈生的，气质差得远呢。"

张倩影突然"腾"地站了起来，身后的木椅子应声倒地，她瞪圆着眼睛，却说不出一句话，最后竟然伸出手狠狠在庄丙添的腰上拧了一把。

"哎哟！"庄丙添痛得弯下腰。

"嘿哟，姑姑啊，你这是干吗？"张盈盈笑出了声。

"叫你多管闲事。"张倩影举起手，作势又要打庄丙添。

庄丙添护着自己的腰迅速退到一边，原本在敲木勺的张慕光看到这一幕，开心地咯咯笑。

看着傻笑的张慕光，张小尧摇了摇头："如果将来我也得这种病，我宁愿去死。"

21 我姐陈美芬

不知道为什么我想起了陈美芬。

小时候我特别害怕上学,一到学校,我就像只进了斗兽场的动物,不是狮子老虎那种动物,是小鸡小狗那种动物,谁都能上来踩一脚。

陈美芬则像一只豹子,我怀疑她在我身边安插了奸细,不然怎么可能每次我一挨揍,她都能飞奔着赶来援救。

对待比她小三岁的孩子,她不仅能毫不手软地"啪啪"甩巴掌,也可以将他们推倒在地上抓起旁边的树枝狠命地抽打。

"你怎么可以欺负比你小那么多的小朋友?"老师们感到不可思议,不管被打几个手板,罚洗几次厕所,陈美芬从来一言不发。

我吊在操场的双杠上,倒着看在教导处门口罚站的陈美芬,等到天快黑时,她被放行了,就来牵着我一起回家。我可以一边看动画城一边吃陈美芬煮的清汤面,吃完就把碗堆在碗槽里,我们挤在沙发上看新闻联播,看天气预报,看电视剧,看广告。

但也不总是她打人,有时她也会被人打,仇恨循环往复,今天你打我,明天我找一个更强大的人打回来,我只有陈美芬,别人除了有兄弟姐妹亲戚朋友，更重要的是，他们还有父母。

我羡慕别人有爸妈，被打得鼻青脸肿的陈美芬伸手将我的头戳到一边，"我们也有啦，死掉的也算，我们又不是孤儿院捡来的。"唯一让我感到安慰的是，双亲健在的孩子肯定没办法自由地看电视到天亮，就像陈美芬说的，凡事要多往好的方面想想。

我打开微信刷陈美芬的朋友圈，都是浩南和小北的照片，两个孩子没心没肺地笑着，玩得满身泥巴。

"我在兴平市，平安。"我想了想，给她发去一条信息。

"什么时候回来？"她的回复马上跳出来。

我盯着屏幕，没回她，将手机塞回裤袋，手上的烟屁股被我摁熄在花坛里。

站起来得太快，一瞬的天旋地转，我失去平衡，伸手慌乱抓住墙边木架上的盆栽，小盆栽不受力，我脚下踉跄，"咔嚓"一声，木架歪倒，陶盆碎了一地。

"妈的。"我望了望，四下没人，便把陶盆的碎片踢到墙角，把里面那棵植物扔进了假山池。

"那是我爷爷最爱的一盆花露珍。"张小尧坏笑着从大门内走出。

"听着像某种人参。"

"是茶花。"她说。

"不过幸好，他现在已经不记得有多喜欢它了。"张小尧走到阳光下，脑袋后乌黑发亮的马尾荡到肩上，她眯起眼睛看我，"你之前知道老张有病吗？"

"不知道。"

"如果你一开始就知道她有病,还会跟她一起出来吗?"

"不会。"

她垂下眼:"你打算怎么办?我想现在最好是让她留在这里,大姑和庄爷爷会照顾她的。"

我沉默着。

"她已经开始发病,接下去只会越来越恶化,你知道的吧?这种病没药医,带着个阿尔兹海默病患者,可没法继续潇洒地公路旅行哦。"

她语气中有一种像试探又像嘲讽的东西,我不禁盯住她的脸寻求答案。

"那要问她。"我说。

"什么意思?"

"是留在这里,还是回去,或者继续走,都要问她。"

张小尧歪头看我,嘴角挂着一抹讥刺的笑:"你用不着逞强。"

我又变回了哑巴,并暗暗为自己的动心感到可笑,我他妈算个什么东西。

"你想不想知道为什么这么多年她都不回家?"张小尧转动着眼珠,"这可是个秘密哦。"

"不用,我最不喜欢知道别人的秘密。"

我忽然觉得一切都很他妈没劲,我到底待在这里干吗?

我盯着脚上的拖鞋,决定现在就去问张倩影要不要走,如果她也想走,我们立刻离开这里。

只有庄丙添在极力挽留，留不住我们后，他就想跟我们一块走，甚至提议说可以帮我们开车，张倩影非常狠绝，她对庄丙添说："等我们走了，你想去哪都可以。"

他们俩令我浮想联翩，脑中出现很多琼瑶电视剧的情节。

庄丙添坚持把我们送回兴平大饭店，如果我没看错，离开的时候他在偷偷地抹泪。

可怜的庄丙添，我为他感到担忧，张倩影却不以为然，她说："丙添和我不一样，张家欠他的，他们孝顺他，为他养老送终，是应该的。"

一路我最悬心的是我们已经超过酒店的退房时间，他们会不会找我们多要半天房费？还好，那种情况并没有发生，酒店的人对我们非常客气，那个把我扭送到派出所的保安和女服务员殷勤地尾随我一路道歉，说："真抱歉，一切都是误会，希望您能原谅我们的过错。"罪魁祸首张倩影走在前头，仿佛一切跟她无关。

办好退房，将行李搬上车，我两手握着方向盘，转头看着张倩影："现在我们得做个决定。"

"对了，先去给你买双鞋。"她说。

"鞋待会再买。"我看着她，希望现在就把事情说个明白。

"那你说，你想怎样？"她的语气像个偷东西被当场抓住的小偷，知道逃跑无望，索性耍起无赖。

"你是不是在耍我？"我被她激怒。

"一直以来都好好的，只是有时会忘记一些东西叫什么，有时想不起一些人的名字，最严重也就是忘了上顿饭吃过什么，我哪知道会忽然这样？"

"说不准是被你刺激的。"她忽然神经兮兮地瞪我。

"这种话你都说得出来？"我惊讶地看她。

"我们现在就回去！"我扭转钥匙发动了汽车。

"你等等嘛，等一等。"车子开起来后，她伸手过来抢方向盘，我吓得立刻踩刹车，"不要命啦！"

"你听我说，我不是故意骗你，大概是二月份的样子，医院那边给我确诊，去驾校之前我就开始吃药了，这病没那么可怕，真的，你信我，只要我按时吃药，病情就不会突然失控，我们去那地方，来回一个月都不到，不会有事的。"

她瘦小的手紧紧抓着方向盘，神情恳切，像在说服我也像在说服她自己。

"这事太严重了，我没办法负这种责任。"我冷静地说。

"我又不用你给我负责任，你要是担心责任问题，我可以给你写一个免责声明，像医院给病人动手术前要签的那种。"

"不行。"我坚定地摇头。

"怎么就不行呢？你还有什么担心的？还是，你想要钱？"她两手从方向盘上拿开，在腿上交握，似乎认真考虑起来。

"这样好不好，我立一个遗嘱，等我死后，北里的那套房子就留给你，到时你就可以从你姐姐家搬出来自己住，行不？"

妈的，我竟然动心了。

22 做一个决定

张倩影竟然给得出这么邪恶的交换条件?

趁还有残存的理智,我猛烈地摇头:"拜托你别玩我啦,我已经够倒霉,你放过我吧。"

"要怎么样你才肯去?"张倩影不死心。

"如果你真的想去,可以让庄丙添载你去,他车开得那么好,只要你提要求,他肯定乐意为你办到。"

"不行,他不行。"

"那我更不行了。"

张倩影不说话了,我们俩坐在车里沉默地对峙。

"那我下车。"她一下解开安全带,推开车门走出。

"你干吗?"看见她走向车尾拉开后备厢盖,我急忙把车熄火追了出去。

"我自己去租个车。"她费力想将被压在下面的行李箱拖出来。

"您真的别玩了行吗?"我伸手按住她的行李箱,心底感到一阵厌烦。

"谁跟你玩?"她忽然一掌拍在我手上,声音大得出奇,"谁跟你玩?啊?是你马上要痴呆了不记得自己的父母兄弟,还是你马上要大小便失禁,生活不能自理?是你要死了吗?"

面对这怒火冲天的张倩影,我惊诧着。

"你怕嘛,不愿意去,没事,我自己去。"她耸着肩继续把自己的行李箱往外拉,力道没控制住,偌大个行李箱最后被整个拖出来掉到地上,扬起了一阵灰。

我帮她把箱子从地上拎起,她从我手里抢走拉杆。

"咱就在这分道扬镳。"她说。

我开车一路跟着她。

张倩影拉着行李箱在人行道上走,行李箱的轮子跟凹凸不平的路面撞击发出疙疙瘩瘩的声响,这样一看,张倩影委实是个老人了,身体单薄,稀疏的头发干巴巴地贴在头皮上,肩上挂的那个又旧又薄的环保袋一下一下地撞在她的腰上。

"喂,不然你还是先上车吧,"我对她喊,"我送你去租车的地方。"

"不用麻烦啦,"她转头轻蔑地瞥我一眼,"你还不赶紧走?我一个老太婆在路边,万一摔了晕了的,你就不怕要负责任?"

我不紧不慢地跟着她,中途动了好几次直接走掉的念头,"说到底,干我屁事啊,我他妈在干吗呀?她自己要走的,不是我赶她,陈志勇,你清醒点啊,难不成还真想跟一个老年痴呆继续自驾游?"我一路自言自语,但始终下不了决心离开。

我堵着靠路边那条车道,后面的车排起长队,纷纷鸣笛变道,一辆公交车从我旁边过去，司机特意打开前门，骂声震天："你妈逼的下班高峰在这堵路？"

我受不了啦，加速追到张倩影前面，冲她喊道："行啦！上来吧。"

张倩影简直可恶，她慢悠悠地转头，拉长着脸，狐疑地问："上哪去？"

我对她翻了一个白眼："你爱上哪就上哪，行了吧？"

"那还差不多。"她咧开嘴笑了。

"来，我给您来点音乐。"张倩影扣好安全带，立即连上了蓝牙。

"诶！我不想听张学友。"我赶忙制止她。

"这回不是张学友。"

"那是谁？"

"毛宁。"她说。

> 在这个陪着枫叶飘零的晚秋
> 才知道你不是我一生的所有
> ……

"你知道吗，如果将来某天我们的故事被拍成电影，你这样会拉低整部电影的质感。"我踩着油门，升挡。

"我不觉得。"后视镜里张倩影在微笑，"倒是你听的歌，光去拿它们的使用权就会让整部电影的预算高出一大截。"

我笑，为这种默契的玩笑感到快活。

张倩影不知从哪掏出来一副墨镜和一条皱巴巴的丝巾，她戴上墨镜，摇下车窗，将手伸到窗外，任风将丝巾吹得向后飘动。

"你在干吗？"我看她现在有点像三流电影里那些奔向自由的妇女。

"我在奔向自由。"笑容在她的脸上舒展。

我们的车彻底离开了兴平市，越往城外建筑越矮，最后路旁只剩下比车轮高不了多少的灌木丛，路面宽阔，夕阳正缓缓下沉，沥青路呈现出圆润如在河底晃动的鹅卵石般的亮光，天地在即将失去光明时眷恋不舍，夕阳拖拽着绚烂交织如丝如雾的云霞。

"你知道吗，你身上有一种跟别人很不一样的东西。"张倩影忽然转过头对我说道。

我察觉她是认真在说这句话，有点尴尬："别对我灌迷魂汤。"

"我觉得呢，你好像比正常人要傻。"张倩影盯着我的脸，像是要从中找到点端倪，"就是说吧，别人能轻易做决定的事，你没办法做，但放在别人那儿要犹豫很久的事，你却能轻易决定。"

"你是夸人还是骂人啊？"

"总之……谢谢你。"张倩影将手从窗外收回来，把被风捋直的丝巾绑到头上，低头从环保袋里掏出一管口红，打开盖，对着窗外的车后镜擦起来。

我这下才是真的完全傻眼，"你，干吗？"

"涂口红。"

"我知道你在涂口红，我是说，你为什么突然开始涂口红？"

"开心嘛。"张倩影咧嘴一笑，像个血盆老怪，我不敢多看，只好将注意力集中到路面。

　　"现在开始，我要把所有想做却没做过的事全做喽。"她的声音透着兴奋。

23 张老太往事

离开兴平后,我们顺利往目的地开了两天。

知道张倩影生病的事情后,我变得十分紧张,暗地里总在观察她有没有异样,我给自己的手机定了闹钟,每天提醒她吃药。

我草木皆兵,有一回她开车时我不小心打盹头撞在玻璃上,一个激灵醒来,惊叫着:"怎么了?怎么了!"张倩影在旁边不耐烦地说:"没怎么了,你活得好好的。"

她两手放在方向盘上,背微驼着,"你能不能别那么紧张?"我虽然很困,却不敢再睡了,强撑着眼皮,默默地在心里想,也许不该再让她开车了,现在我们虽然轮流开,但她开车时我都不敢休息,干脆换成我一个人开,大不了两小时停下来休息一次,晚上早点去找旅馆。

虽然我们的速度很慢,从出发到现在总共只开出两千多公里,但总算是行程过半了。

我们现在都尽量不在城市里过夜,城市的旅馆比乡镇的贵了至少一倍,在国道旁的小镇往往能找到一百块不到,却干净舒适的宾馆。

昨天张小尧加了我微信,也许是庄丙添把我的号码给她的,我通过验证，说了句："你好张小尧。"到现在她还没回我。

张倩影发给我一张照片，是离开兴平那天她拍的，照片中的我只是个黑色剪影，最多能看到额头和鼻子上泛着的油光，我两手把在方向盘上，嘴中叼着烟，烟雾在脸上和头顶散开，犹如罩了层白纱，窗外是烈火燎原的云霞，它们化成光粒，在这张照片里飞舞。

我把这张照片发在朋友圈，发时忘记屏蔽陈美芬，她立即在下面评论："在哪？"我马上删了重发，这次可没忘点"不给谁看"。

张倩影也发了朋友圈，我看到庄丙添和张小尧都为她点了赞。

"她不喜欢你这一款。"张倩影发现我在偷看，低着头从眼镜上方看我。

"谁？哪款？"

"说你跟小尧，没戏。"

"你怎么知道我们没戏？"

"这不是一看就知道的事嘛。"

我佯装不服，气得撇了撇嘴，但心底觉得其实她说的没错。

停车休息时，我悄悄把朋友圈的照片删了，在我犹豫着要不要把张小尧也拉黑时，忽然收到了她回复的消息。

"你们什么时候才能到那个海里大草原？"

"三天，四天，最多不会超过五天。"我快速地按键，发送。

"老张还好吗？"

"还行，没什么问题。"

"那你多照顾她喽，有事电话我。"

"好啊。"

我傻兮兮地笑了，把手机丢回到座位上，靠在门边点燃了一根烟，张倩影弯着腰举着手机在拍路边石头缝里的一簇黄色野花。

我想起张小尧那天神秘兮兮说一半的话。

"张小尧说你有个秘密哦。"我一手横在胸前，夹烟的手肘靠在上面。

"秘密？"她站直，回头疑惑地望着我，"什么秘密？"

"让你那么多年都不回家的秘密。"我观察她的表情，继续试探，"反正张小尧是那么说的。"

没有出现我想象中的警惕或凝重，张倩影立即无所谓地笑了："那算哪门子秘密？不回家有什么稀奇，你不也不爱回家吗？"

"肯定还有别的。"我满脸的期待。背着人讲是非总有心理负担，我可不想被当成多嘴公，但听当事人自己说，则是完全不同的性质。

"其实没什么，我不回去是因为家里不欢迎我。"张倩影将头上的丝巾解开，展开铺在脚边的石头上，缓缓坐下，又从袋子里拿出矿泉水，拧开瓶盖喝了一小口。

我耐着性子等，暗忖着，这家伙是要开始说书了吗？

"小时候我爷给我定了门亲，是我小姑妈家一个侄儿，跟我们一个院里玩大的，后头呢，他家就惨了，哎，都因为他爸，他爸学医的，做的军医，后来跟国民党撤去了台湾，那几年他家真不容易，我家虽败了，爷也瘫了，但人好歹还全乎，他家除了他和他妈，其他人全死了。"

"啊，真惨。"

"我十七岁那年，我记得当时还没开始搞公社炼钢，他爸不知找的什么关系竟跟他们联系上了，交代他们说，几月几号靠东面的海上会有那么一艘船，让他们一定要想法子凑到钱上去……但，哪来的钱呀？"张倩影停下，笑了笑，眼角的皱纹挤在一起。

"他来找我，求我，我开始还很奇怪，求我也没辙啊，我能给你变出钱来吗？他说，我爷是人精，宝贝不会只藏后院一处，其他什么地方肯定还有，他求我去问，去找，找到了跟他和他妈一起上船。"

"哈？私奔？你答应哦？"

张倩影抬起头，似乎在回忆："如果没这事，说不定我们的孙子都很大了。"

"后来呢？"我听得着急，"不是说字画给农民全毁了吗？难不成你真能再找出点什么？"

"还真给我找着了，"有一大块飘动的云遮住了太阳，张倩影的脸在阴影下随之黯淡，"我爷有没有藏其他宝贝，我不知道，但他有根拐杖，从不离身，就算后来瘫了躺在床上，这根拐杖也要立在床头让他可以时时看见，表面看，它只是根很普通的拐杖，又破又旧，只有行家才能看出来，它是阴沉木做的。"

"什么是阴沉木？"

张倩影白了我一眼："你只需要知道，那是种无价之宝。"

"哇！"我张大嘴巴，"你不会把它……"

"偷了，没错。"张倩影点了点头。

"你，偷了？偷去给那个人吗？"那可是个无价之宝诶，你可真是个败家子！

张倩影沉默了一会，再抬起头时恢复了轻描淡写的样子："给他了。"

"不会吧？那你怎么没跟着一块去，不会是被骗了吧？"我感到一阵揪心。

"我被家里人捆了，等他们从我这问出拐棍的下落追到海边，船早就走了。"

"那你爷爷？"

"丢了那宝贝就是要了他命，我爷很快就死了，爸妈一辈子没原谅我，大哥回国后也跟着怪我，所以我搬出来一个人住了。"

"后来呢？那个未婚夫拿了你家的无价之宝，就这么凭空消失了吗？"

"听说他和他妈到台湾后，那边正在戒严，他们被怀疑是大陆派去的'匪谍'，连同他父亲一起，全家都被抓了，没多久也全死了。"

"啥？那拐棍呢？"我急道。

"谁知道呢。"张倩影无所谓地说。

"怎么会不知道呢，它可是个无价之宝啊！你们就没去找找？"受不了，我替他们惋惜到有点胸闷了。

"现在想想也没什么，即便当时没被他拿走，留下来也是要被糟蹋，如果我爷活到了那会，说不定比死还惨。"

"你倒是很替你爷想得开，没准老人家就是想多活几年。"

"你不懂，他那种身份在那个年代是没有好下场的，别说他，连他儿子都没能熬过去，求体面的人是活不过去那道坎的。"

我们都不再说话，我脑子里还想着拐棍，它到底去哪了？

24 误闯进葬礼

中午发生了一点意外。

当时张倩影开车,我们正路过一个村庄,窄窄的分叉路旁立着一个很大的指路牌,箭头指着左边,和导航的方向是反的,鉴于上次导航让我们在半夜走到塌方路,我已经不太信任它。

"怎么办?"张倩影问。

"跟着箭头走吧。"我说。

她跟着箭头左拐,再往前开,一个更大的箭头指向右边,她又往右拐,往前五十米不到,有个乡村篮球场,一个戴草帽的大爷在那指挥。

"你们停到那里头。"他挥了挥手里的小旗。

"我们不是要停车。"张倩影将鼻梁上的墨镜往下一按。

"得停,别的地儿没位置了,快,停进去,快,后头又来车了。"草帽大爷手里的小旗挥得更勤。

草帽大爷走到后面去和另一辆车的司机讲话,我们暂时退不出去了,"怎么办?"我看向张倩影,"要不咱先停下来休息休息?"她问。

我以前只听说过这种人，混进婚礼或葬礼，冒充宾客免费地大吃大喝，得多不要脸呀？

没想到有一天我也变成了这种人，我和张倩影坐在丧葬的流水席上面面相觑，张倩影提议说："要不咱也包个白包，这样就不算白吃白喝吧？"

这真不怪我们，刚才我和张倩影一下车就走来一个年轻人，问我们说："你们也是城里来的？"我们答："是啊。"他招呼道："跟我来吧。"我和张倩影莫名其妙地对看一眼，鬼使神差地就被他领到了这里。

此刻，我俩和身旁的许多陌生人一样，侧身坐在长条板凳上，目不转睛地望着前面搭台上跳舞的比基尼女郎。

她穿着一条短得不能再短的热裤，裤管下垂挂的亮片紧贴在小麦色大腿上随音乐一甩一甩，一阵紧密的鼓点敲响时，她跳到中间那根钢管子上，小臂牢牢攀着，整个人在上面飞舞起来。

所有人都屏气凝息，几个农村大爷吸溜口水的声音分外响亮。

张倩影推了推自己的眼镜："啧，瞧她的手臂，瞧那肌肉。"说完掏出手机拍起照片。

我观望四周，没有人注意到我们，也没有人和我们搭话，所有人脸上那种无动于衷让我怀疑，这里的人是不是多半不认得彼此？

又有两个比基尼女郎加入舞蹈，钢管上那个还在自转，这两个踩着又尖又细的高跟鞋，白花花的大腿朝着观众们踢来踢去，没人给她们鼓掌，她们却依然专业地保持着激情澎湃的样子。

找厕所途中，我遇到一个披麻戴孝的孩子，他看着和陈小北差不多大，蹲在墙角，一双眼睛又黑又大，好奇地盯着我，我走过去问他："小孩，知道厕所在哪吗？"他没说话，伸出藕节般胖乎乎的手臂给我指了方向，我笑着说："谢啦。"

　　往前走，我在一个废弃的猪圈旁找到了一个外围砌了半人高砖墙的露天厕所。

　　我蹲在那厕所里上大号，期间两次有人闯入，这也怪不得他们，厕所没门，我又蹲着，谁知道里头有没有人呢？第一次进来一个男的，他立马转过身，"嘿！哥们不好意思不知道有人。"第二次是个女的，尖叫一声后跑了。

　　回去时看见那个孩子还蹲在墙角，他抬着头茫然地盯着过往的路人，脑袋上扎着条粗麻布，不合身的孝服垂在脚边，我脑中闪现当年陈美芬拉着我跪在灵堂的情景，心中蓦地一痛，爸妈死的时候我跟他差不多大吧？

　　"你还在啊？"我若无其事地走过去，沿着墙根蹲在他身旁。

　　他好奇地歪头看我一眼，又迅速低下头。

　　"你怎么一个人在这？"我心里猜测着他和死者的关系，刚才在流水席听村民们聊天已大致知道，去世的是一个叫孙勤岗的中年男人。

　　"你是谁？我没有见过你。"小男孩不安地望着我，脸颊上肉嘟嘟地分成了两层。

　　"我叫陈志勇，呃，跟你说个秘密但你不要告诉别人，我也不认识这里的人，我是开车经过时被路边一个大爷拉过来的。"

"好吧。"他点点头，完全接受了答案。

也许他还不明白什么是死亡吧，就像我小时候一样，葬礼留给我唯一的印象是大人们乏味的哭泣和灵堂里呛人的佛香，我想去外面和别的小朋友玩，却被陈美芬紧紧地拽住了手。

"你叫什么名字？"我问他。

"我叫刘靖宇。"他像看腻了我的脸，将目光转回到地上。

"是海里面的鲸鱼吗？"我问。

"不是，是靖康之耻的靖，宇宙的宇。"他的声音高了一些。

"是郭靖的靖吗？"

"不对，是靖康之耻的靖。"

"那是同一个靖哦。"我好心地提醒他。

"不对。"他很坚定，而且根本不想去找些有力的论证，不对就是不对，他懒得和我解释。

"好吧，刘鲸鱼，等你到了看武侠小说的年纪你就知道了。"我站了起来。

"为什么大家都要哭？"他扶住我的小腿也站了起来。

"你知道什么是死掉吗？"我问他。

"知道呀，就是不说话了，被埋到土里。"他眨着眼。

我觉得他懂得比我多，只好抱歉地对他笑了笑，问道："孙勤岗是你亲人吗？"

"孙勤岗是我爸爸，不过我还有另外一个爸爸叫刘大厦。"他连珠炮似的说，"但是我妹妹她只有一个爸爸，就是孙勤岗。"

"哈？"这信息量有点大，我捋了好一会才明白过来，孙勤岗是他的继父。

"你觉得我可以把另一个爸爸分给妹妹吗？因为她现在没有爸爸了。"

"……我猜应该可以吧？如果你另一个爸爸没意见的话。"我笑了起来。

"我有点饿，你有巧克力吗？"

"没有。"

"那有饼干吗？"

我摇头，"不然我带你去吃点东西？"

"还是不要了，我不可以和陌生人走。"

"那你还问陌生人要东西吃？"

"陌生人不会想到会在这里碰到一个小孩，所以他的东西是可以吃的。"

刘鲸鱼一本正经地回答，我觉得他说得很有道理，只是他倒是不介意我刚从厕所里出来，换成我肯定不愿意问一个刚从厕所里出来的人要吃的。

"我回去了。"他在墙边蹭了蹭，转身往人群里跑去，跑到一半又忽然停下，回头看我。

"还有事吗？"我问。

他的刘海剪得整整齐齐，歪着头，嘴唇紧抿，肉嘟嘟的脸上晒出了红晕，他盯着我的脸，仿佛只是为了再次确认我的样貌，他对我摇了摇手，大声喊道："拜拜。"

回来时歌舞表演已经结束，现在正在进行漫长的告别仪式。

死者的遗照被摆到台上，一个个人上台发表讲话，听了老半天后我拼凑出孙勤岗的一生：农村出生，艰苦的童年，拼命读书但也没少帮家里干活的少年，鱼跃龙门考入好大学的青年，善解人意体恤下属的领导，兄友弟恭，夫妻和睦，世界痛失英才，人间遗落明珠。

张倩影越听越不耐烦，怂恿我赶紧离席，我让张倩影再等等，在亲属区里搜寻着那个小身影。

没一会，我在那些大人腿间的缝隙里找到了他，他无精打采地靠在一个中年女人的腿上。

"谁呀？"张倩影发现了那抹小身影。

"是另一个我。"我对刘鲸鱼挥了挥手，但他好像没有看见我。

"不过他比我幸运，他妈妈还活着，而且他没有姐姐。"

从那个临时停车场将车开出费了我好一番功夫，车跟车紧挨着，只能一点点地倒出去，张倩影站在车屁股后给我指挥，一会喊"继续倒，继续倒"，一会叫"停，停车！"

流一身汗，总算把车开出来，虽然白吃了一顿午饭，但作为回报，我们也耐心地听完了一整场无聊的告别式。

"孙勤岗真是英年早逝哦。"张倩影感叹道。

"名字取得不好吧。"我往左打方向盘，拐回主路。

"他们为什么要回乡下办葬礼？"

"不知道，这儿的风俗吧。"我结束了这些没意义的对话，打开音乐，跳出一首 *Under Pressure*：

Pressure pushing down on me
Pressing down on you no man ask for
Under pressure that burns a building down
……

25 看到片乌云

我从来没有如此自由和放松过。

我和张倩影海阔天空什么都能聊,她像抓紧着时间说话,迫不及待要将自己整副的人生经验对我倾囊相授,比如这条:如何既保持生活品质又尽可能节俭地独居?最行之有效的方法是保持干净,东西越少的家越容易保持干净。还有这条:怎么挑选新鲜的鱼?仔细看它的眼睛和鳞片,鳞片闪亮,眼珠明亮,手指按在鱼身上,富有弹性就代表它还新鲜。

我有时候会忘了她是阿尔茨海默病患者,她的思维比一个正常人更加活跃,越接近海里大草原,她越是容光焕发。

她买了很多新的夏装,旧衣服被毫不犹豫地丢进了垃圾箱,她戴上遮阳帽和墨镜,银白的短发整齐地塞到耳后,她发生了一些变化,生出一种冷硬决绝的气质,不说话的时候嘴角下拉着,两道深深的法令纹令她看上去像在进行某种深切的思考,唯一不变的是她那个随身的环保袋,依然紧紧贴在她肩上。

天气晴艳，云的阴影从山顶移到山脚，最终遮住我们头顶的太阳，车子在平阔的路面前行，进入最后一千公里的路程后，天气不再炎热，只要不迎头站在阳光底下，温度就像深秋一样舒适，天气预报说下午会下雨，我侧着头在天边寻找，但没看到一片乌云。

"啊！"我还没意识到发生了什么，车子一下子紧急拐进左道。

我尖叫一声，整个人都吓蒙，等我终于缓过神，回头看到刚才那条车道的路面上有一只被碾得血肉模糊的猫，下个瞬间又有一辆车压了过去。

"你不该没打灯就变道，万一左边有车没反应过来，就被撞上了。"我心有余悸。

"你看到了吧？有只猫。"张倩影的眉头拧在一起。

"看到了，不过你还是应该直接开过去，高速上有很多车祸都是因为躲避小动物。"

也许是我这句话给了张倩影启发，过了一会，她忽然问："不然我们也上高速吧？"

这一段国道的路况比以往要复杂，不知道是不是本地在大搞建设，许多载着沙子的土方车出没，开窗经常能吃到满嘴的沙，大车抢道，小车加塞，更别提那些随时从路旁冲出的电动车，在这条路开到时速五十都有点困难。

我们决定由下一个入口进高速，张倩影开到服务区后再换我开。

从高速入口取了卡片，张倩影装模作样地摩拳擦掌："嘿，系好安全带喽。"

在所有人都开得很快的高速路上，八十迈已经不让人觉得快，不断有车从我们旁边超过，张倩影大概一直猛踩油门，发动机发出昂昂昂的怪叫，车速却不怎么提得上去了，最终最高时速保持在一百迈左右，张倩影把车开进最左边的快车道。

发动机持续发出更大的怪响，时速盘的指针在数字100处微微晃动，这可能已经是这辆老狗夫的极限。

"你可以开中间车道。"我说道，"速度应该是上不去了。"

车窗大开着，气流"呜呜"地在车里乱窜，我的声音被吹得七零八落，"你说什么？"张倩影喊道。

"我说，你应该换到中间车道去，我们车速不行，一会速度就掉下去啦。"我对她喊。

"哦，好的。"她说。

说完这个"好的"，过去好几分钟，车子依然在左车道行驶，右侧不断有车超我们，我望一眼时速盘，速度已经掉到八十五迈。

"怎么还不换道？"我大声问。

"要怎么换道呢？"张倩影也大声问。

寒意从脚底漫上来，我的脚趾本能地张开用力抓住鞋垫。

我侧过头看张倩影，期盼她只是跟我开玩笑。

张倩影并没有在笑，她什么话都没说，两手紧紧地抓着方向盘，弓着背，脖子前伸，像一只佝偻的虾米，这个姿势和她刚开始学车时一模一样。

"听着！现在继续往前开，什么都不要做，等一会我让你做什么你就做什么，听到了没有？"我尽可能大声地、逐字逐句地对她喊："听到了没有！"

"听到了。"她颤抖着回答。

我已经感觉到车子在路中间左摇右摆,后面一辆车因为我们时不时压住中线,不耐烦地按住喇叭,刺耳的喇叭声让我紧绷的神经突然空白,有六七秒的时间我们什么都没做,任由车子带着我们极速向前。

"把脚从油门上拿开!"我如梦初醒,大喊,"快拿开!"

张倩影应该是立刻把脚挪开了,但我的叫声令她更加紧张,抓方向盘的手逐渐失控,起先只是小幅度的抖动,后来干脆整个车开始蛇形。

"快降挡!"我感到肾上腺素飙升,那一刻根本没想到她已经不知道什么是降挡,匆匆瞥一眼后视镜,后面的车纷纷变道,或加速通过或减速观察,都察觉到我们的失控。

"踩刹车!踩刹车!"我拼命喊,手控制不住地想去抢她的方向盘。

张倩影苍白的嘴唇张开着,墨镜下的眼睛迷茫而震惊地看我,好像根本听不懂我在说什么。

高挡位失速让车子的发动机发出了"咔咔"的轰油声,在她即将完全失去对车的控制时,我机械地拉起了手刹。

轮胎与地面发出剧烈尖锐的摩擦声,车子侧滑撞向左边的护栏,车门与护栏带挤压溅射出一串火花,长长的"咿呀"声几乎刺破我的耳膜,"乓"的一声巨响,后座左侧的玻璃像冰霜花一样整块地裂开。

等它完全停下,整个车都在冒烟。

"有没有怎么样？受伤了吗？"我扳过张倩影的肩，观察她。

她惊恐地望着我，说不出话，两只手的手指还紧紧地掰在方向盘上，我拍了拍她的肩，安抚道："别怕，没事了。"

我拔了车钥匙，按住双闪，打开车门，从后备厢中拿出红色的三角警示牌放到车后方。

"能出来吗？先把安全带解开，从这里爬过来。"我探进副驾帮张倩影按开安全带的搭扣，握着她的手协助她从驾驶座里爬出来。

"有没有哪里不舒服？"

她摇摇头。

26 高速出车祸

我迅速绕车检查，左面车身与护栏擦出好几道深深的刮痕，后视镜被压断，左后窗碎裂，除此之外竟然没其他问题，车子正常可以发动。

脑中跳出的"报警"选项马上被自己否决，既然护栏没被撞毁，车子也还能开，我们应该尽快离开这里。

我从副驾直接挤进驾驶座，敦促张倩影赶紧上车，关闭车门后给她系好安全带，确认一切就绪，我发动汽车，谨慎行驶出一段距离，车况无明显异常，我加速前进。

张倩影一路没再说话，她摘下墨镜和遮阳帽，神情和事故前判若两人，她耷拉着脑袋，看上去既迷茫又痛苦，精神一下子萎靡了。

我想问问她是不是今天忘记吃药了，但直觉告诉我不是那样，这个病不是感冒发烧，它没有特效药，也无法治愈，就算她每天都按时吃药，就算她之前表现得好像病情得到控制，一切不过是我们乐观的臆想，从上次她完全忘记我是谁开始，就该知道病情发展得更迅速和严重了。

我有限的医学常识在提醒我,一旦发病,就只会越来越糟。

我把车慢慢开进服务区,在停车场休息的司机纷纷侧目,盯着我们这辆明显刚出过事故的车。

"想吃什么吗?"停稳车,我转头问张倩影。

"我不记得怎么开车了。"张倩影或许根本没听见我说什么,她沉浸在情绪中,恍惚地望着自己摊开的双手,"……我差点害死你。"

"没那么夸张啦,我们现在不是好端端地坐着嘛。"我有一点心烦意乱,但不想去弄明白它意味着什么,我只想让这事尽快过去,"之后都我来开车就好了。"

"你还不明白吗?我越来越糊涂了,本来我以为自己还有一点时间。"

毫无预兆,"啪"的一声,挡风玻璃上摔碎了一颗雨滴。

紧接着,两滴,三滴,一声声"啪""啪",它们是天空落下的自尽者,利落地一头扎在玻璃上,碎成一摊,得到解脱。下一批雨滴抵达前,出现了一刻短暂的宁静,这让我产生了一种处于封闭环境里的安全感,无论待会外面下多大的雨,我们都会安然无恙地坐在车里。

那个画面至今留在我脑中,连同车里的气味。

原本伫立在停车场抽烟的人被突然落下的瓢泼大雨淋了一身,纷纷跑进走廊避雨。

"天气预报说了,今天有雨。"我说。

雨越下越大，浇灌在车顶，水从挡风玻璃上滚滚而下，车内的窗户很快糊成一片，我望向后座那块碎裂的窗，雨水不断从缝隙中渗进来，又沿着玻璃流进车窗缝。

"还好它没完全碎掉，不然现在就糟了。"我扯着嘴笑了一下。

"你有没有听我说话？"张倩影的声音低哑，迷惑，"我开始犯病了，这叫老年痴呆啊，一下什么都不知道了，神志都消失了，懂不懂，你不害怕吗？"

"这一刻还认得你，下一刻就不知道你是谁，"张倩影失魂落魄地抱住自己的胳膊，"你被骗了知道吗？几年前我就知道不对了，记忆力变差，不想跟人讲话，开始我以为只是年纪大了，慢慢脑子里的记忆也开始混乱模糊，拿着垃圾站在垃圾桶旁却不记得自己要干吗，认不清路，坐错车，学了东西马上全忘光，这样我怎么能自己出门？所以才要跟着你一起出来，你要负责照看我的，知道了吗？傻子。"

张倩影的眼角下垂，看着我时既像伤感，也像同情。

"但是，后天我们就到了啊！"我的话急切地蹦出来。

这算什么？我跟张倩影对视着，潜意识里我会认为，不去想那些坏事情，就能当作什么都没有发生过。

"就到这里吧，我不想去了。"张倩影伸出枯瘦的手，将放在仪表盘旁边格子里的墨镜、丝巾、万金油一一装进环保袋里，"雨一停我就下车，你要想去就自己去吧，我回家了。"

"你回哪个家？兴平吗？"

"不，回我自己的家。"

"但我们马上就到了呀！"我的意思是，就算犯病也不差这两天了吧？接下来完全可以由我开车，都到这了，好歹去看看吧？现在回去岂不是半途而废。

我察觉到自己的想法很冷漠，对她的病缺乏想象力，无法感同身受地体会她的痛苦，也许她也察觉到了，我之所以在得知她病情后还能和她一起旅行，不是因为善良或好心之类的，而是因为我对她毫不在乎。

"到了又能怎样？"她呢喃着，"只是一趟没意义的旅行，我应该回家，关好门窗后把煤气打开，然后到床上躺着。"

这是张倩影第一次跟我说起她的自杀计划，我的思绪木然，完全不知要作何反应。

雨还在继续下，比刚才小了点，整个停车场淹没在一片水塘中，我们的狗夫车像一条锚定的小船。

这种与整个世界隔离的短暂时刻，让我很想说点什么，或者是一个秘密，车上有一个最好的倾听者，一个即将失智的老人，她就像一个正在缓慢关闭的树洞，我为自己这么残忍的形容感到羞愧，烟虫在我身体里挠动，我很想抽根烟。

我试着摇下一点车窗，雨水马上从缝隙里飞溅到我脸上，我放弃了抽烟的想法，但依然将烟盒拿在手中转动。

"我从小就有尿床的毛病。"我开口道。

你有没有见过那种人？不论你跟他们说什么，他们都能接过话头去讲自己的事。

比如你说，"我病了。"他们会接，"没事，你会好的，以前我也生过病。"他们的世界只有自己，现在的我就是这种人，把别人的灾难当成温馨港湾，忍不住想抒发。

"如果你不想听，我就不说了。"我看向张倩影。

"说吧，我听着。"她把头靠在又脏又旧的椅套上，枯瘦的脸庞在水波流动的玻璃窗下半明半昧。

"我爸妈死的那天也在下大雨。"我抚摸着烟盒上坚硬的边角，"是车祸……陈美芬非拉着我去看他们，我不懂她为什么要这么做，那个场景让我做了二十几年噩梦。"

"他们去试开朋友的新车，一个很黑的晚上，路灯很昏暗，而且忽然开始下雨，下坡路的尽头是一个十字路口，他们没有留意到左边开来的卡车，两部车撞到一起，我爸妈的车翻到路外，树桩插进爸爸的胸口，妈妈的脸很干净，手软软地垂在车门边，雨把他们的血冲得满地都是，泥坑里，树叶上，车前的雨刮器还在甩来甩去，甩得整面窗血糊糊的。"

27 熟悉的黑暗

雨渐渐停了,我摇下了窗户,点燃一根烟深深地吸了一口,树叶上的水滴答滴答地落进水坑。

张倩影也将窗户摇下,她拿出袋子里的万金油,打开涂些在太阳穴上。

我半个身子靠在窗上,鼻子里充斥着烟味和万金油味,雨后的地面热烘烘地不断冒出泥土腥气,躲雨的人渐渐出来,发动引擎离开了停车场。

我问张倩影要不要去吃点东西,她说她不饿,我去小卖部买了两盒泡面,泡好之后端回车里,红烧牛肉面的盖子一打开,我就再也闻不到世界上的其他气味了。

张倩影没有吃她那碗面,任由它慢慢变凉,变坨,最后变成我插满烟头的烟灰缸。

"现在呢,我们怎么办?"我问道。

她低垂的头抬起,猝然变得急躁:"怎么你还不明白?没别的选择,哪都去不了啦,现在我就是个定时炸弹,随时能不记得你是谁,车没法开了，不准什么时候就变成大小便都不能自理的废物。"

"哎呀，我有时也是会尿在裤子里啦。"我安慰她。

"你……你跟我不一样，你那属于心理创伤，要去看心理医生。"

"不用，"我心里暗忖着，那得多贵，我能有那闲钱？"这种事晚上少喝点水就行了。"

张倩影若有所想："不论得什么病，都该早点去看医生，如果它能被治愈，就是你走运。"

"你见过我大哥的样子，我现在正一点点变成他那样，做什么都没用了。"

张倩影放在腿上的手紧握成拳，表情坚定而冰冷："不过我会在变成那样前先杀死自己。"

"你一直做的是这个打算吗？"想到这个可能性，我陡然感到脊背发凉，"你约我一起出来，然后在路上自杀？"我感到恐惧，隐瞒病情是一回事，但在与我一起的旅途中自杀却是另一回事了。

"不是！"她慌乱地摆手，"没有，我没想给你添麻烦。"

"海里大草原只是个幌子吧？"

"不是，"她在座位上紧张地挪动，眼神开始飘忽不定，"草原要去的，我从没见过草原，要去看看的。"

她犯错似的垂下眼睛，我脑子里乱哄哄，把车窗玻璃不停地摇上摇下。

我不知道还能说什么，我讨厌有超出计划外的事情发生，讨厌做决定，我这辈子好像从没做过决定，事情自然发生后自然结束，我情愿或不情愿地全盘接受那个结果。

我甚至开始在心里埋怨张倩影，为什么让我知道？如果她不挑明，我可以继续装作什么都不知道，不会有任何心理负担，以后如果发生任何的意外，我都没有责任。

更糟的是什么？更糟的是我知晓这一切后，最怕的只是自己到时可能无法为自己辩解和开脱,会陷入麻烦。张倩影身处的绝境，她的痛苦和挣扎，我根本不愿意去感受，我到底算什么？

"不论怎么样，都不急着在今天就做决定吧？不然我们等明天再看看？"沉闷的空气令人感到窒息，我焦虑地东张西望，试图在脑中搜寻一个理由，或一种方法，什么都可以，只要不让我今天就面对这些。

停车场出口立着的那块路牌上有一个熟悉的地名。

我立即伸手在仪表盘旁的杂物箱里摸索，一张硬纸片贴在内壁，我把它掏出，背面是一张简易地图，我对比着地图上的终点和眼前的路牌，是它！这是之前卫斯理给我的卡片，他们的目的地就在那里。

"离我们这只有十几公里。"我把卡片递给张倩影，"我们可以去看看。"

如果能再次见到哈瑞和卫斯理，对我来说将是莫大的安慰，想到他们是如此年轻、热情，又富有同情心，也许他们可以帮我对眼前张倩影的状况做一个比较合理的判断，而不是像我这样，一味地逃避，不知所措。

张倩影接过卡片，正面反面地翻覆着看，"这是什么？"

"看样子是一个跟音乐有关的活动，你看那有个钢琴，还有个萨克斯风，你记得哈瑞和卫斯理吗？这是跟他们分别那天卫斯理给我的,这里就是他们的目的地。"

她从包里取出眼镜戴上,再次凝视着那张卡片。

"如果去那里会让你觉得好受点,那我们就去吧。"张倩影几不可闻地叹了口气,用一种善解人意的口吻说道。

"希望将来你想起我的时候不要太生气。"在我驾着车往下一个高速出口行驶时,张倩影的情绪忽然崩溃,呜咽着流起眼泪。

这让我感到意外,我们认识这几个月,张倩影别说流眼泪,连软弱的情绪都很少流露,甚至有时我会忘记她是个上了年纪的女人。

我一手握方向盘,一手伸进杂物箱里摸索,我摸出一包纸巾,扔到她身上。

我从后视镜里观察张倩影,她双手捂住眼睛,眼泪从指缝里流出,流进嘴边的法令纹,她放下手抽出纸巾擤鼻涕,鼻子很快也变得红彤彤。

"对不起。"她抽了更多的纸巾捂到眼睛上,莫名其妙地不断跟我道歉,被眼泪泡湿的纸巾在她腿上越堆越多。

我不明白她为什么忽然变那样,将近十几分钟她一直在道歉和擦眼泪,那些眼泪在这小小的车厢里饱和,它们无处可去,又化作水分子钻进我的眼睛,我鼻头跟着发酸,眼睛跟着发涩,心里像有个洞被打开,冰冷熟悉的黑暗,我迅速摇下车窗,让窗外的热风吹在我脸上,驱走这噩梦般的感觉。

"前方路口右转,然后左转,然后到达目的地。"导航里的女声机械地说。

28 爵士音乐节

这是一个比我想象中大得多的活动,本来以为是个小型演出,在一个咖啡馆之类的地方。

在停车场绕了一大圈才找到个稍微大一点的车位。

隔着紧闭的车窗,我感受到外面巨大的声场,它大到令车窗玻璃都在微微地震动,我不确定地望向张倩影,这种地方她会想去吗?

张倩影的眼睛肿了,鼻子也红得厉害,她紧闭着嘴,表现出一种无所适从的迟钝,畏缩地看着我:"要不你自己去吧,我在车里等你。"

我说如果你不去,我也不想去,张倩影挣扎了一会,同意和我一起进去。

我们混在一堆青年男女中排队买票,四面筑起的铁栏足以拦住大部分想逃票身手却不够灵敏的普通人。我和张倩影默默跟随着队伍移动,事实上我们还不知这是个什么活动,但那无所谓,我甚至怀疑我们根本找不到哈瑞和卫斯理,但那也无所谓,最重要的是我们离开了那辆车。

售票姑娘看到我跟张倩影的组合，表现得热情洋溢，她问我们是不是母子，我说不是，她又问我们从哪来的，虽然后面还排着长队，她却一点都不在乎，滔滔不绝地跟我说起她妈妈不喜欢她玩乐队，最后她趴到桌下掏出一个拍立得，问我们能不能拍张合影，张倩影和我面面相觑，姑娘的头探出窗外，让我们靠得更近点，她举起手在脸旁比V，我和张倩影在她的指示下呆呆地望向镜头。

花两百八十块买了两张票，票根的正面上印着"真心英雄爵士音乐节"，我撞了撞张倩影的肩，问道："你觉得张学友有没有可能在里面？"她皱了皱鼻子，不置可否。

我们随人群前进验票，身边尽是些打扮得缤纷奇异的年轻人，这感觉十分魔幻，这些人都是哪冒出来的？一个边陲小镇为什么会办爵士音乐节？为什么爵士音乐节要叫真心英雄爵士音乐节？听起来倒像是成龙主办的。

剪了票根，我和张倩影走进广场，一路上她都拉着我的衣服。

观望一圈，我惊讶地立在原地，这个地方非常大，每隔几百米就设一个舞台，舞台前聚满人，音浪一波一波地向外推开，我听了一会，可以肯定的是，不论哪个台，演奏的都不是爵士。

我和张倩影在场边的酒水摊上一人买了一杯饮料。

张倩影比刚进来时放松了些，离我们最近的舞台上乐手们正在调音，吉他手的情绪有些激动，没发现自己的脚被电线缠绕，跳起时整个人被绊倒在舞台，我嘴里含着的饮料整口喷出，张倩影也笑了起来。

我一面继续在人群中搜寻哈瑞和卫斯理,刚才从饮料摊主那里得知,这个音乐节已经办了两天两夜,今天是最后一天,我放低了期望,与他们再次相遇的希望渺茫,或许他们早已离开。

饮料摊旁边是个古着服饰摊,铁架子上挂着花衬衫和长裙,摊主是个看不大出年龄的女孩,二三十岁?她的皮肤呈现出一种晒过很多太阳后的黝黑铜亮,头发剪得很短,耳朵上扎满耳钉,她有意无意地,笑意盈盈地望向我。

被这样一个女孩盯着看可真叫人受不了,我拉着张倩影走向她。

也许她就是这样招揽来顾客的?我暗搓搓地想,假意拿起桌上的戒指试戴。

"你们是母子吗?"她对我露出了白牙。

从买票进场到现在,已经有好几个女生这样问我,这令我感到诧异,难不成我在无意间发现一个了不得的泡妞奇招,携母泡妞?

"对,他还是单身。"张倩影不失时机地对女摊主说,"我得了绝症,他陪我出来散心。"

短发女摊主的眉毛和嘴角都上扬着,她肯定认为张倩影是在开玩笑。

"你们怎么会到这里来的?"旁边一个试衬衫的男人走了,女摊主把板凳上的衬衫一件件挂回衣架,"大部分人是被骗来的,宣传广告做得很大,但名单上的爵士乐队大部分他们都没请到,全被临时替换成了本土乐队,大家都闹着要退钱呢。"

"哦,我们无所谓。"我说。

"无所谓?那你们来这干吗的?"她好奇地问。

"对了,我跟你打听一下,这两天你有没有见过两个男孩,都二十岁左右,一个说英语,也说蹩脚的普通话,叫哈瑞,还有一个台湾腔,叫卫斯理,都长得高高帅帅的。"

女摊主像在回忆,"应该没见过,高高帅帅的我不可能没印象。"她笑道。

"好吧。"我感到泄气。

准备走了,张倩影却扯住我,她盯着左侧架子上挂的一件宝蓝色的亮片裙。

女摊主的眼睛一下亮了:"喜欢吗?要不要试试?这是我去欧洲穷游的时候在跳蚤市场跟一个老太太买的,是件好裙子,那个老太太说,这件裙子是她年轻时候的宝贝,只有去参加舞会的时候才穿,你看,它保存得多好,每个亮片都在,她们真的很爱惜衣服。"

女摊主把衣服取下来,郑重地放进张倩影手中,张倩影痴迷地看着它,手指从亮片上轻轻划过。"它真漂亮。"她情不自禁地说。

我从她的眼神里看到一种炙热,似乎她体内的某个部分被重新唤醒,她容光焕发,转头对我笑了一下。

"这里可以试穿吗?"我马上问。

"可以呀,等我一下。"女摊主跳到一边拿出一条花布,花布展开后,她把两个角绑在铁架上,狭窄的三角区支起了一个临时试衣间。"可以啦。"女摊主拉起花布。

张倩影捧着裙子,钻进试衣间前回头看了我一眼,那一眼似乎充满感激,还有些许的扭捏和羞怯。

29 她的蓝舞裙

做成张倩影这单生意后,短发女摊主当即决定今天收摊了,不干了,休息。也难怪,就这么一件旧衣,她收张倩影两千块,还是折后价,张倩影毫不犹豫地掏钱,没多说一句话。

当张倩影想去换回自己的衣服时,女摊主大叫着阻止她:"不要换呀,就这样穿着多好看!"张倩影询问似的望向我,女摊主对我眨眨眼,我跟着附和道:"挺好看的,别换了。"女摊主将张倩影的旧衣装进纸袋递给她,张倩影没有伸手接,说道:"你帮我扔了吧。"

女摊主很高兴,她极力想表现出这跟金钱没有多大关系,她只是欣赏裙子找到了主人,她把张倩影按在镜子前坐下,为她整理头发,又画了眉毛和口红,她端起镜子给张倩影照来照去。

那的确是条闪耀的舞裙,换句话说,它非常吸引注意力,特别是在白天,在阳光下,张倩影脸上的皱纹和走路时微驼的背让它的闪耀更加打眼,她依然畏畏缩缩地拉着我的衣角,我轻轻将她的手放进我的臂弯。

如果刚才我和她还让人联想成是关系亲密思想新潮的母子,

现在就没人鸟我了，所有人的眼光都落到她身上，她是谁？

人群会自然而然地发现明星，发现那种异于常人的，独特的，即将闪耀的时刻，往后的人生里我经常回忆起那个画面，我惊讶于人们那种无意识的直觉。

女摊主喊来她的朋友，一个穿着吊带背心、矮小灵活、晒得和她一样黑的双马尾女孩，她们热情地领着我们在各个舞台间穿梭，陪我们寻找哈瑞和卫斯理。

中途我们在一个舞台旁的草地上休息，旁边有几个正热火朝天聊着的青年。

一个男孩，看着像是已经在高三复读了三年，他赤诚而激烈地和旁边的女孩讲自己坐二十多小时火车硬卧的经历，抱怨着学校里其他只知道念书的驴蛋。另一个男孩，迫不及待地接过话头分享自己的北漂地下室生活，说他爸不支持他玩音乐，说北京冬天的风吹得他脸都疼，但他硬扛着没有屈服。

男孩们转过头来与女摊主搭讪，女摊主与她朋友迅速交换了个眼色，不知道她们是觉得他们可爱呢还是可笑，她嘴角挂着个意味不明的微笑，有一搭没一搭地和他们交谈，我和张倩影沉默地坐在这些人中间。

"你最喜欢哪个乐队？"一个女孩忽然转过头问我，她穿着满是破洞的牛仔短裤，上衣短到让人担心她可能会得感冒。

"皇后。"我说，"就是英国那个乐队。"

"哦……"她很快结束了和我的对话，转头去问那个脸生疼却没有屈服的男人，"你喜欢哪个乐队？"

"我喜欢投降方案。"他说。女孩立刻和他如火如荼地聊了起来。

"你们是怎么到这的?"留级男孩手上夹着烟,也没想着给我散一根,却以一种自来熟的语气问我。
"开车。"我不情愿地答。
"这里也有好多人是开车过来的,你们是哪儿人?"
"西村市。"我瞥了他一眼,掏出自己的烟点上,如果他再用这种装腔作势的动作抽烟,我会把烟头直接摁在他脑门上。
"啊,那太巧了,"他笑逐颜开,"我家在麦平市,你们回去的话有路过的,你们也是明天回去吗?我还没有买火车票……"
"不顺路。"我冷冰冰地说。
"哦……是吗?"他讪讪道,"你们是要去别的地方继续玩?"
我没再张嘴,张倩影在一旁从始至终都没搭理过他,留级男孩迟钝的神经终于察觉到自己的无趣,默默逃离了。
"白痴。"我对着他的背影哼了一句。

"那边的舞台开始演出了,我们过去看看呀。"女摊主的朋友把我和张倩影从草地上拉起来。
我其实一直在试图回忆她的名字,我敢肯定她和女摊主分别告诉过我她们的名字,但我实在想不起来了,所以接下去我依然只能以"女摊主"和"女摊主的朋友"来继续称呼她们,还好过了今晚她们就不会再出现,之后我再也不会提起她们。
张倩影走路的速度很慢,而且越来越慢,与又跑又跳的女摊主二人相比，她连跟上都显得费劲，我慢悠悠地走在她身旁，两位年轻姑娘肆无忌惮地展现活力，这让我感到烦躁，甚至觉得她们粗鲁无礼，我让她们先走，说我和张倩影要去吃点东西，她们依然兴高采烈，表示一会再来找我们。

"最好别来了。"我小声说。

"两个都不喜欢？"张倩影抬起脸看我，"还以为你喜欢那个短头发。"

"别告诉我你花那么多钱买条裙子是为了给我做媒？"

"那倒不是。"她枯瘦的手抚过裙面上的珠片，"这条裙子很漂亮，年轻时我一直想着能有这么一条裙子，以前我跟大哥看外国电影，里面的女人参加舞会都会穿这样的裙子。"

"这裙子很适合你。"我违心地称赞，实际上我觉得她有点像马上要在秀场登台表演的老派歌女。

"你肯定觉得我像个老派歌女吧？"她嗔怪地瞪我一眼。

"没有，怎么会。"我立刻否认，见鬼了，她怎么知道的？

我提议说给她拍一张照片，我们在草地上寻找合适的角度，我让她站在逆光的太阳底下，尝试了几个方位拍摄，我们挤在一起看手机上的照片，张倩影抱怨我把她拍得太黑太矮，她指挥我站在一个没那么逆光的角度，最后拍出的成品她说勉强能看，照片中，张倩影的脸半明半暗，裙子折射出缤纷耀眼的光彩。

"我找到你朋友了！"我和张倩影坐在草地挑选照片时，女摊主忽然朝我们冲来，她的脸上闪着汗珠，眼睛因激动睁得很大。

我和张倩影同时抬头看她："在哪？"

"就在那个舞台前面!我和朋友在跳舞,听到身后两个男的聊天,我一听那口音也太怪了,时不时还冒一句英语,就回头问他认不认识哈瑞,你猜怎么着?他说他就叫哈瑞!你说,这一切是不是太巧了!"女摊主大笑着拍打我的手臂。

我躲开她铁钩一样有力的手,挤出一个笑脸:"他们现在在哪?"

她指着前方:"就在那,我带你们过去。"

短短几天没见,哈瑞和卫斯理都黑了许多。

哈瑞看见了我们,像头熊一样开心地冲过来将我整个抱起,放下我之后他拉着张倩影转一圈,惊喜地叫道,"Miss 张,你今天好漂亮!"

旁边的人纷纷看向他们,张倩影佯装嫌弃地甩开他,卫斯理表现得正常许多,与我用力地握了个手。

"你们什么时候到的?"我问他。

"路上出了点小意外,今天才到的。"他笑着说。

30 再见到哈瑞

"张老太太一路还好吗?"卫斯理松开我的手后意味深长地看着我。

哈瑞像个兴奋的傻瓜,还想拉不配合的张倩影继续转圈,女摊主和她朋友被这个人来疯感染,三个人嘻嘻哈哈地牵起手把张倩影围聚在中间。

"在青旅那天,哈瑞看过张老太太在吃药,他说他爷爷也是得这种病。"卫斯理望着和女孩笑作一团的哈瑞,悠悠地对我说道。

原来他们早就知道,我沉默着,从口袋里又掏出了烟。

"我们很佩服你呢。"卫斯理笑着说。

我干巴巴地笑了一声:"我是前几天才知道的。"

卫斯理吃惊道:"怎么会?我们以为你早就知道了。"

"她是忽然发病的,记不起我是谁,我还被酒店的人怀疑是诈骗老人的嫌犯扭送到派出所。"

卫斯理露出震惊,无法置信的表情:"那你们现在还在继续旅行?"

我点了点头。

"张老太太的家人呢？他们也同意吗？"

"家人啊……"我想起了张小尧，"算同意吧？"我不确定地说。

"勇，你真的很疯狂。"卫斯理没再说什么，只是朝张倩影的背影望去。

接着又来了几个女摊主的朋友，基本上是在场边摆摊卖东西的那些摊主。

那个长相斯文卖饮料的男人兴冲冲地说："五点半在主舞台表演的那支爵士乐队大家一定要去听啊！"好几个人跟着附和，说这是整场音乐节中主办方唯一请到的牛×乐队，为了听这支乐队的现场演奏，今天大家全部提前收摊了。

哈瑞像个傻瓜那样追着摊主一行人问东问西，本来他对这个所谓音乐节感到很失望，现在又生出了热烈的期待，"你们听到没有，一会我们一起去看呀！"他冲我和卫斯理喊道。

张倩影小心翼翼从人堆里挤出来，她打量着自己的裙子，确认没有哪里被勾到后，往我和卫斯理身边走来。

卫斯理和她轻轻握手，"你今天真美。"他真诚地说。

张倩影凹陷的脸颊上显现出一团红晕，像是喝了酒，她拘谨地说了一声谢谢，回到我身边挽住我的手，她的样子令我察觉到自己有照顾她的责任。

短发女摊主和她朋友开始轮番给众人散烟，到我们面前时，张倩影犹豫了一下，还是伸手接过一根，我问："你不抽烟的吧？"她从我手里拿走打火机，说："试试。"

她第一口吸得太猛，马上咳嗽了起来，我取走她手里的烟，卫斯理打开一瓶水递给她。

"抽烟有什么好试的。"我抱怨着踩灭烟头。

这时，主舞台响起了一串鼓点，哈瑞和女摊主一行人统统举起手臂欢呼起来，紧随其后的是贝斯，一串炫技似的独奏，人群的欢呼声更大了，大家从四面八方向主舞台涌去。

"走吗？"卫斯理转头问我们。

张倩影抓紧着我的手肘，显得十分紧张，我对卫斯理说："你们先去吧，我们一会再看看。"

卫斯理点点头，朝已经走远的哈瑞一行人跑去。

一长串的键盘音短促抖落，如珠散玉盘，又在玉盘中弹起、跳动，从舞台上滚落，拖出长而顺滑的多彩光谱，朝我们迎面飞来。

我呆呆望着眼前景象，夕阳光浓重稠密，它追人群而去，最后笼罩住整个舞台，我们像被泡在一杯鲜榨橙汁里，有一瞬我甚至觉得自己快不能呼吸，淹没在没有缝隙的鼓声中。

等我终于追随到鼓点的节奏，呼吸又顺畅了，我感受到自己胸口正冒出一粒粒升腾而起的小气泡，脚不由自主地一下一下点着地。

"这个乐队很棒啊。"

张倩影的声音像从很远的地方飘来，我回过头看她，她的头发被风吹得向上飘，整个人像要被气流席卷而上，她紧紧地抓住我的手腕。

"是啊！"我握牢她的手。

音乐暂停下来那一刻,我们飘荡的身体落回地面,双脚重新踏在泥土之上。

也许是我紧握着张倩影的手令她稍感安心,她问我说,想不想去舞台前看,我说好啊,我们趁音乐还未响起,快速朝主舞台移动。

但那个快速只是我们想象中的快,根据哈瑞的说法,当他回过头寻找我们时,他看到我们俩像乌龟一样慢腾腾地挪动。

那是一段很长的路。

路上的每个小石子都在挡路,每株青草都在猛长,我们不得不经常停下来坐在草地上休息,两个地方的距离变得越来越遥远,我们被草地、蚂蚁、灰尘,还有渐渐稀薄的夕阳光绊住,任何东西都能吸引我们的注意力,我们仿佛被困在了一个由人群的欢呼、口哨、夸张的大笑声筑造而成的迷魂阵。

"我现在的感觉很好。"张倩影转头对我笑了一下,她的眉眼放松,嘴角上扬。

我们挽着继续往前走,周围的几个舞台都在演奏,音乐声大到我们听不清彼此说的话,我们头挨着头,说了很多重复且没有意义的话,直到口干舌燥才渐渐停止这种徒劳无功的对话,我们微笑着。

快乐来得太突然,我已经很多年没有体会过这种心情。

我们像两个揣着零钱走向糖果店的孩子,现在是快乐的巅峰时刻,糖果到手后的快乐只是对这一刻快乐心情的模仿。

最重要的是，我感受到它了！我不再像个懵懂无知的孩子，任由这份快乐白白逝去，我挟持了这份快乐，尽可能久地把它困在我身体里，它横冲直撞，令我整个人都颤抖着。

我们的路途走到一半，主舞台的音乐已经响起，那是一个节奏欢快、激昂跳跃的大乐队，各种乐器声音像从天穹之顶传下来，我和张倩影像被法海的降妖盆钵定住，被这些长长短短的管弦乐声钉在原地。

"要不要跳舞啊？"张倩影对我喊。

"什么？"我也对她喊。

"跳舞呀。"她说。

"跳舞？怎么跳？"我傻傻地看着她。

张倩影闭着眼睛想了一会，"跟着音乐跳就好了。"

她睁开眼睛时，瞳孔变得异常闪耀。

我摇摇头，依然不知道要怎么跳舞。

"你看我怎么跳啊。"说完她开始随音乐轻晃动肩膀，"像这样，让身体随音乐摆动。"

她眯着眼，说："看到没。"

31 要不要跳舞

鼓声越来越密集,夕阳已经完全消失,天暗下来,舞台上的彩色闪灯在广场里飞转,张倩影的身体像窜出另一个人,她的肩膀前倾,两只脚动得飞快,脚踝敏捷地左右移动,小腿在身后甩转画圈,一点一碰后,换脚重复一遍刚才的动作。

随着舞动,她的表情也变得丰富,眼波流转,夸张大笑,动作干脆利落,宝蓝舞裙上的亮片整齐划一地飞起飞落。

聚光灯不知何时打到了她身上,舞台大银幕上出现张倩影甩动双臂左右旋转的身影。

音乐越来越起劲,她完全没有注意到其他人,一心沉浸在舞蹈中,我呆呆地看着,灯光有时会晃到我的眼睛,我感到晕眩,除了追光灯下的张倩影,整个世界都淹没进黑暗里。

她不是乱舞,她根本很擅长这个。

她以不重复的舞步继续跳着,我已经看不清她脚底的动作,她的额头在冒汗,汗水随着甩头的动作落进草地,草地心甘情愿地任凭踩踏,扬起的尘粒在灯光下围绕着张倩影飞扬。

观众们被点燃,大家朝我们聚拢过来,他们围绕在张倩影身边拍掌欢呼,跟随着她舞动,我被热情高涨的人群挤来挤去,随时被人拉住转圈,整个人像在漩涡里打转。

台上的乐队立刻爱上了这个穿着华丽舞衣的女士,他们配合着她,即兴开启了一段又一段乐章,任由她翻转脚跟、滑动舞步、扭转身体,张倩影拉起女孩们的手共舞,她是所有人的领舞者,是欢乐的核心,她的能量席卷人群,在这一刻达到耀眼的巅峰。

但一切终有停止时,也许是因为时间的关系,也许是导播或乐队的经纪人发现观众的视线被台下的张倩影独占,也许工作人员的对讲机里充斥着不知道来自谁的骂声,要他们马上灭掉那盏张倩影的追灯,总之,音乐慢慢地停了,灯,缓缓地暗了。

张倩影也在那个时刻醒了,她脸上还挂着笑,面对围绕在她身边,洋溢着兴奋笑容的青年男女,她渐渐局促不安起来,最后焦虑地东张西望,像在人群里寻找什么。

我猜她可能在找我,着急地一面拨开人群,一面扬起手朝她大力挥摆,在众目睽睽下朝她走近,我的心情很复杂,没有暗爽是假的,我简直像是个被派上台去代领最佳导演奖的场记。

张倩影看到我了,她快步走过来挽住我的手臂,缩着肩像要藏到我背后。

舞台上开始演奏第二个曲目,人群一下往回笼,但依然有些好奇的人留下了,大部分是年轻女孩,她们围着我们,用一种艳羡的目光看着张倩影,不断地赞叹:"你跳得太好了!"女孩们脸上的妆容都不算精致,一些女孩的脸还因为流汗和灰尘显得脏兮兮的,但她们无疑是真诚可爱的。

"哇! Miss 张你太厉害了。"哈瑞不知从哪冲出来,抱住张倩影猛亲了一口,他的眼中居然还闪动着泪光。

"喂!"张倩影拿手背擦擦脸。

"没想到你的摇摆舞跳得这么好呀!"女摊主和她朋友也冒了出来,她们兴致勃勃,即兴模仿张倩影的舞步跳了一段。

"你们跳得也很好。"张倩影笑着说。

其他人都回舞台前跳舞去了,剩下我和张倩影,我们站到离舞台更远的栏杆处,我双手按住栏杆跳起坐到上面,掏出烟点上,张倩影仰着头一个劲地喝水。

"你还有多少事是我不知道的?你从没说过你会跳舞。"

张倩影背靠着栏杆,"这有什么好说的?"她将瓶底的矿泉水一口气喝光。

我坐在栏杆上晃着腿:"我发觉自己一点都不了解你。"

天色已经暗下来,舞台上的光束灯在全场乱转,偶尔从张倩影身上划过,蓝舞裙就像人鱼晒在月下的鳞片,闪闪发亮。

张倩影转过身,双手盘放到栏杆之上,头靠在上面。

"一个人住,就有很多时间可以学东西,学什么都可以,没人会来阻止你说一个老太婆学这些不成体统。"

"是嘛?"我笑着问,"你还学过什么?"

"学过什么?你要问我活到这把年纪都学过什么,那就海了去了。小孩的时候我爷教过我练字,画画,养花;年轻时跟人种地,喂猪,养兔子,编箩筐,割草,砍柴,这些我都会。后头大哥回来,又教了我一些新鲜玩意,探戈,交际舞啦。再往后我自个儿住,时新的舞挨个学,霹雳舞,摇摆舞,肚皮舞,学过电脑打字,学炒股，看《黑客帝国》后学了一段时间怎么写程序，今年不是还学会了开车嘛。"

我故作镇定，"你可真够爱学习的。"

"我的兴趣吧，比较广泛。"张倩影不好意思地笑了一下。

"你呢，有什么爱好？"她望着我。

我仔细想了一会，"好像没什么特别的，高中毕业后一直在打工，混来混去混到现在，小时候爸妈爱看电影，我还跟着看过挺多，后来也不怎么看了，就听听歌。"

张倩影沉默地将自己的半张脸埋进臂弯，明显的抬头纹和眼角纹下，一双疲倦的眼睛安静地望着我。

我被看得心中泛起伤感："是不是挺怪的？我这人好像没什么兴趣爱好。"

张倩影眨眨眼，轻轻地摇头。

我咧嘴笑了一下："哎，我跟你说啊，我其实一直有种感觉，好像自己的人生在哪里被拦腰截断了，那个憋闷，喘不过气，就堵着，使不上力，怎么都逃不掉的感觉，你懂吗？"

张倩影点了点头。

"我之前不是跟你说过，当年陈美芬把我们上大学的钱拿给傻强做生意嘛，其实那年我考上一个不错的大学，真挺好的。"我仰起头，抑制着眼泪流出眼眶。

张倩影轻轻拍了拍我按在栏杆上的手。

32 成了他影子

压轴乐队令所有人都感到满足和幸福,他们返场演奏了三首歌,在乐迷们依依不舍的呼喊声中,所有人排成一排,对观众深深鞠躬,然后毫不犹豫地走入后台,由经纪人们护送着离开了现场。

众人依依不舍,聚在舞台前继续讨论刚才的演出。

哈瑞、卫斯理、女摊主及她的朋友们回到我们身边,他们围聚在张倩影身旁,热情地邀请我们一起去露营区喝酒。

"你们晚上可以跟我们一起住,我们在帐篷里聊天,喝酒,唱歌,跳舞,一直到天亮!"哈瑞的脸上全是汗水和泥土,他蹦蹦跳跳了一晚,现在依然精神抖擞,两眼放光。

张倩影马上摇头:"不行,我不住帐篷。"

"Come on , Miss Zhang, let's dance."

"No!"张倩影斩钉截铁。

"勇,你劝一劝 Miss Zhang,明天我就回美国啦。"

"不,不住帐篷。"张倩影重复了一遍。

这时,大家纷纷对我投来一种"你很重要"的期待眼神,上回接收到这种眼神,是二十多年前上小学的时候了,那天是儿童节,我负责给小朋友们分发糖果。

"去呗?"我不想辜负这难得被重视的时刻,殷切地对张倩影说:"不住帐篷,我们就和大家坐一会,聊聊天,然后回去找酒店。"

最初张倩影和我都不怎么说话,默默听他们聊天,女摊主和她朋友讲了许多乐队的八卦逸事,吉他手和鼓手打架,主唱私吞演出费,女粉丝献身被正牌女友抓包,三个人互扇耳光扯头皮等等。

哈瑞和卫斯理一动一静配合着讲他们路上遇到的奇人异事。

有一回他们半夜开进一个高速服务站,正好撞见一个小偷正偷卡车的柴油,卡车司机毫无察觉在车里睡觉,哈瑞当即大按喇叭喊抓贼,结果卡车司机醒来吓得锁紧车窗。

小偷拿着扳手追着想砸他们的挡风玻璃,卫斯理说,幸亏他眼疾手快马上发动汽车逃跑,后备厢盖都被小偷砸出一个凹陷。

"It's horrible!"哈瑞做了个夸张的表情。

哈瑞怂恿张倩影讲我们那次和蓝色马自达追车的事故,张倩影不乐意,哈瑞颠三倒四地替她讲了起来,又是两车夹在一起刮出火花,又是马自达车主是个英俊少年,张倩影听不过去,屡屡纠正他,"根本不是那么回事。"几次后,终于变成张倩影自己讲起来。

张倩影讲得非常好。

与其说她在复述事情的经过,不如说她创作了一个新的故事。

虽然她没有杜撰任何情节，也没有为了追求戏剧性而夸大，但从她嘴里讲述的故事依然整个地改变了面貌，她的讲述里抛弃了所有的人，我和她，还有那个把我打得满嘴血泡的蓝马车主，主角变成了车子本身，年份久远的狗夫车，崭新跋扈的马自达，狗夫被赋予了某种英雄的品格，有不屈服的精神，两辆车的追逐和较量变得惊心动魄。

我从没听过有人像她这样讲故事，闲庭信步，不疾不徐，组成故事的语言就像水机套圈的游戏，按动按钮后，一个个不同颜色的小圆环准确地落进小柱子中。

所有人都听得入迷，当听到狗夫终于被马自达拦截住时，我发现自己竟然哭了，我吓一跳，悄悄在肩头蹭去泪水。

不巧，这一刻被卫斯理看见了，他体贴地别过脸，嘴角带着一丝诡异的微笑。

张倩影讲完，所有人欢呼着鼓掌，大家围绕着她，求她讲更多的故事。卫斯理递给我一瓶啤酒，冲我坏笑着眨眨眼，我尴尬地跟他碰杯。

哈瑞是人群里最兴奋的那一个，他高兴起来就像只上蹿下跳的猴子，张倩影原本不肯再说，但哈瑞使出了奇招，也不知是不是常年对付自己爷爷奶奶总结的心得，块头这么大的男人，甩头跺脚撒娇耍赖，看得人后脖子一紧，女摊主和她朋友倒很吃这套，她们对哈瑞的喜爱溢于言表，一人一边紧紧依偎在他身侧，哈瑞自然又亲热地搂着她俩。

卫斯理坐在我身侧，安静地看着这一幕。

"张老太太可真是个神奇的女人。"满是欣赏的语气。

"是啊，你知道吗，她不仅会跳好多种舞，还学过编程呢。"我真是沉不住气，这炫耀的语气是怎么回事？意识到这一点后，我不好意思地挠了挠头。

"哈哈……"卫斯理和我有一样的毛病，都抽很多烟，但他抽烟从来是自己悄悄一个人抽，完全没想过要给别人散烟。

卫斯理的手指修长，往嘴里送烟的动作还很生涩，隔着一段距离，他宠溺地看着哈瑞手舞足蹈的样子。

"你是不是发现了？"他转过脸来，笑着问我。

"没有。"我立刻说。

"没有什么？"卫斯理大笑起来，笑声爽朗清脆，"一定是给你发现了，完蛋。"

我只是猜测，因为眼神这种东西很难掩饰，你渴望什么，你的眼睛就会一直跟着他，但这种时候不需要我多嘴多舌，我只要交出耳朵就好。

"他不知道。"

"是吗？"我喝一口啤酒。

"但你说，他有没有可能只是装作不知道？"卫斯理的眼睛里闪着一串小小的灯火。

我仰头往自己嘴里又灌一口酒，隔着几米看一眼哈瑞，感觉他的脑容量应该装不下这种心思吧？

"算了……别人的话还有可能，他应该不行吧。"卫斯理自嘲似的笑了下。

"我同意。"

"你有没有试过非常喜欢一个人？"卫斯理的眼睛长得很漂亮，长长的，在夜色中更添一分温柔，"很多很多年都只喜欢这一个人，直到你自己长成了他的影子。"

我哈哈地笑出声来，我真的有点受不了这种比喻，虽然对卫斯理觉得抱歉，但我真的起了一身的鸡皮疙瘩。

还好，卫斯理没有误解，他跟着我一起笑了。

张倩影来喊我走时，我已经陪卫斯理喝完了六瓶啤酒。

我晕乎乎地睁开了眼睛，好一会才反应过来，"我喝酒了，不能开车。"

"你喝了多少？"张倩影看着有点生气，或许她还怀疑我是在装醉，用力地掐了掐我的胳膊，"真喝多了？"

我呜咽着，无力抵抗。

"哎，看来真喝多了。"张倩影的声音透出疲倦，"既然你喝醉了，就在这休息，我自己开车去找酒店，你把车钥匙给我吧。"

"哈瑞！"我挣扎着大喊了一声。

"怎么了？"哈瑞和女摊主搂在一起出现在我们面前。

"哈瑞，你没喝酒吧？能送我跟 Miss 张去附近找个酒店吗？"我试图从草地上坐起来，没成功，只好挪了个身，把口袋里的车钥匙先掏出来。

"当然可以！"哈瑞从我手中抢走钥匙，"我今天一滴酒都没喝。"

他们俩直接带着张倩影走了，很明显，他把我话里的"我跟

Miss 张"的"我"落在草地上，等我稍微恢复些神志坐起来，他们已经走远。

旁边还躺着卫斯理，我过去拍拍他的脸，"喂，你有没有哈瑞的电话？"

他嘟囔了一声，并没醒来。

33 接吻要专心

卫斯理醉得厉害，我倒下后他一人把啤酒都喝光了，少说有八九瓶，但他的酒品不错，只是睡觉，连呼噜都不打。

人群早散了，放眼望去，帐篷区有大大小小几十只帐篷，卫斯理与哈瑞的帐篷就藏在其中，在那些影影绰绰的剪影，和此起彼伏的呻吟声里，想单凭运气就去找，有点困难，我也没勇气挨个去打开来看看呀。

左右为难之际，女摊主的朋友，那个双马尾的吊带衫女孩出现了。

简直是路遇救星，我急忙问她："你知道他们的帐篷在哪里吗？"

"你知道哈瑞去哪了吗？"她跟我几乎同时开口。

"哦，他跟你的朋友开车送张倩影去酒店。"我说。

她看着有些失落，勉强冲我笑了一下："我知道他们的帐篷在哪，我帮你一起把他扶回去吧。"

扶得动才怪，喝醉的人就是一摊流动的人形水泥，我跟她试了一下，两个人根本架不住卫斯理，最后在她的帮忙下，我把他艰难地驮到背上。

她在前面领路，时不时回过头来问我一些问题。

"他们去哪个酒店啦？有没有说什么时候回来？他们喝酒了吗？"

我基本没心思回答她的问题，因为怕卫斯理从我背后掉下去，我两手反扣护着他，整个背弯成了虾米，每迈出一步大腿都在打战，我胡思乱想着，难怪有那么多杀人犯宁愿选择自首，处理尸体可不是一件简单的事。

"还有多远？"我快撑不住了，两只手按在草地上，气喘吁吁。

"前面那个就是了。"她指着一团黑乎乎的帐篷。

把卫斯理扔进帐篷中，我的T恤已经被汗浸透。

吊带衫女孩为他脱下鞋子，还给他的肚子盖上睡袋。

"你帮我打个电话给你朋友，问问他们去了哪个酒店。"我跌坐在黑暗的帐篷里喘气。

"好呀。"也许吊带衫女孩也正愁着编个什么理由打给她朋友，手机屏幕的亮光照亮她的脸，"嘟嘟"声在安静的帐篷里响着。

"没人接。"她看向我。

"再打一次。"

……

还是没人接。

我掏出手机打给张倩影，没法接通，又打几次，同样没法接通。

我隐隐感到不安，但理智上又认为不会有什么问题，稍后等哈瑞回来，我就知道张倩影去了哪个酒店，到时我再过去就行了。

"没义气！"吊带衫女孩愤恨地捶了一下地。

我这才留意到她还坐在帐篷里，问道："你怎么还在？"

"你什么意思？你就是这样跟人道谢的吗？要不是我你们现在还在草地上躺着呢。"

"不是，我的意思是，你怎么还不回去？"

我和她哑口无言地在幽暗的帐篷里对视，中间还隔着个卫斯理，她的眼睛里反射着帐篷缝隙漏进来的光，像深海上翻滚的粼粼星芒。

我忽然心跳加速，下意识地咽了一下口水。

"你知道海萤吗？"我问。

"什么？"

"海萤也叫蓝眼泪，是一种生活在海湾里的浮游生物，深夜会闪闪发光，它们被潮水带到海岸，如果你在海萤上岸的那天刚好站在沙滩上，会看到浪花挟裹着无数蓝宝石向你冲来，等它们碰到你的脚，光会一下子全灭掉。"

"啊？"

"在日本本州岛就可以看到它们。"

我望着吊带衫女孩，她望着我。

她忽然欺身上来吻我。

她跪在地上，隔着卫斯理整个人向我压来，坚硬的手肘压在我肩上，柔软的乳房贴在我胸口，她收紧了手臂，双手插入我的头发中,柔软湿润的嘴唇贴着我干燥的嘴,灵巧的舌头滑入我口中,我情不自禁伸手搂紧她的腰,让她与我的身体贴得更近。

她的手伸进我汗湿的 T 恤中抚摸着我的背,我深深地回吻她,一只手扯拉着她的裤带。

手机不合时宜地响了好几声,屏幕上跳出几条张小尧的微信。

"你在哪?"

"张倩影在哪?"

"她的电话怎么打不通?"

我停下扯女孩裤带的手,从地上捡起手机,按开微信。

"怎么啦?"女孩也停下,看着我。

"没事,我回一下微信。"

"接吻你还抽空看手机?"

"刚好看到,就回一下。"

吊带衫女孩将我一下子推开,把那些被我从裤子里扯出来的衣服重新塞回去,"没事,你就慢慢回吧,我走喽。"

"哦,好吧。"

我给张小尧回复:"她在酒店,估计是手机没电了。"

没多久张小尧回:"你没和她住同一个酒店吗?"

我:"没有,喝了点酒,托朋友先送她去酒店。"

张小尧:"你还在那个冒牌音乐节?"

我:"对。"

张小尧:"你应该跟她一起走。"

我的手停顿了一会,继续打字:"我刚才正和一个女孩接吻,被你打断了。"

张小尧:"是嘛,那真是打扰了,请你继续吧。"

我:"她已经走了。"

张小尧:"那她运气不错。"

我走出帐篷,把帐篷的拉链拉好。

所有的灯都熄了,天空像浓绀的幕布,繁星如幕布中被万千虫蚁啃噬出的破洞,我站在帐篷外抽完一根烟,决定走去停车场等哈瑞。

足足等了两个多小时,终于看到我的狗夫车开回了停车场。

哈瑞和女摊主在车里有说有笑,没有留意我就站在入口处,我尾随着他们,走到车停下的位置。

"哪个酒店?"我趴到驾驶座的窗户上。

哈瑞举起双手惊叫了一声:"嗷!勇,你吓死我了。"

"在纽约你要是这样做别人会以为你要抢劫。"他耸下肩,哈哈地笑起来。

我没心思跟他开玩笑,又问他一次:"张倩影在哪家酒店?"

"金江酒店,离这边不远。"女摊主替哈瑞回答,"我们一早就把她送过去了。"

我瞄见后座上躺着张倩影那个从不离身的环保袋,问:"你们送她进酒店了吗?"

"送了啊。"女摊主说。

"我再问一次,你们,送她进酒店了吗?"我强压住怒火。

"勇，是 Miss 张自己说不用跟她一起进去的，"哈瑞还是那副无辜的样子，"她还催我们快走呢。"

"那你们走去哪了？我在这已经等了两个半小时。"

"喂！你到底想怎样？我们好心帮你送老太太去酒店，我们是做错了还是怎样？"女摊主黑了脸，从副驾走出，用力地甩上门。

"你电话为什么打不通？"我瞪她。

"你是不是有什么毛病？我电话打不打得通关你什么事？"女摊主露出厌烦的表情。

"不要这样，不要吵架，勇，到底怎么回事？"哈瑞也从车里钻出来，"我们送完 Miss 张，又去吃了点东西。"

我把张倩影的背袋从后座抓出来，举到哈瑞面前，"这里面有她的证件、手机、钱包，还有她的药，这个袋子在车里，你却告诉我一早就把她放到了酒店？"

我紧紧地抓着那个袋子，袋子似有千斤重，拽得我手臂都爆出了青筋。

"你知道她有病的！"我大声喊。

哈瑞眼里都是慌乱，开始焦灼地原地打转，女摊主挡到他面前，对我嚷道："喂！那和我们有什么关系？是她不让我们送她进去的！"

如果可以的话我真想狠狠抽她一巴掌，不可以，所以我狠狠抽了自己一巴掌。

女摊主张大嘴，惊讶地看着我。

34 找不着她啦

我把张倩影的袋子扔回后座,绕过他们俩,打开车门钻进驾驶座。

"勇,对不起!"哈瑞弯腰,头探进车窗,"我跟你一起去找她。"

"不用了!"我看也不想看他,打开车大灯,发动引擎驶离停车场。

我的心突突地跳,眼睛和眉毛也在突突地跳,我咬着牙,一手握方向盘一手在手机导航中急切地输入"金江酒店"。

想到张倩影可能已经在酒店大堂等了将近三个小时,我用力踩油门,这都是我的错,我不该喝酒,更不该让一个压根不算熟的人去送她,这都是我的错。

我把车直接停在酒店大门口,钥匙也没拔,拉开车门就往里跑。

"先生这不能停车。"门童试图阻拦,被我一手推开,我满头的汗,眼睛在酒店大堂不住搜寻,没有,不在……

"先生晚上好，有什么可以帮您？"前台的年轻姑娘微笑着问我。

"你好，刚才有没有一个穿着深蓝色亮片裙的老太太来住房？"

"先生，大门口不能停车。"门童追到我身边。

"等等！"我不耐烦地伸手阻拦他，焦虑地看回前台，"有没有啊？"

"请问……您是要预订房间吗？"年轻姑娘还搞不清楚状况，继续问我一些套话，"晚上还剩……"

"我不要房间！我是问你刚才有没有一个穿蓝裙子的老太太来住房，头发有点花白，挺瘦，个子不高。"

"不好意思先生，我们是不能透露客人信息的。"前台姑娘迅速瞟一眼门童。

"干啦！她不是你们客人，没带身份证怎么入住？"我火急火燎地拍一下桌子，吓得她往后一缩。

我放缓语气："不好意思，我太急了，你就告诉我有没有见过这么一人，她有老年痴呆症，我必须马上找到她，不然会出事的。"

"她叫什么？"

"张倩影，弓长张，倩女幽魂的倩，影子的影，六十八岁，她应该很显眼的，她的裙子很闪很耀眼，你要是看到她肯定会有印象的。"

"不好意思先生，入住旅客中没有一位女士叫张倩影的……是这样的，我刚交班，如果您愿意稍等一下，我去喊上一班的同事过来，她应该还没走。"

"好，你快点。"

隔了一会，一位穿着同样制服，年纪比较大的女士出来："有什么能帮您？"

"刚才有没有一位穿着深蓝色亮片裙的老太太过来住房？"

"是的，有这么一位老太太。"

"她现在在哪？"

"那位太太没有带证件，所以我们没办法给她办理入住，她问我，能不能让她打个电话，我说可以，但她在电话机前站了很久，并没有打电话。"

"后来呢？她去哪了？"

"后来她在大堂沙发那边坐了一会，大概过了一个小时，我就没再看到她了。"

"你呢？你有看到她出去吗？"我转过头问那个门童。

他斜着眼，不乐意回答，我迅速从口袋里掏出钱包，给他一张一百。

他把钱塞进口袋："差不多十一点左右从大门口出去，往马路对面去了。"

我跟他到大门口，他给我指了方向，我拔腿往那个方向奔去。

"喂，你的车不能停这！"

"钥匙在车上，你帮我开去停车场。"

"张倩影！"

"张倩影！你在哪啊？"

凌晨一点，我在公路上奔跑着，一切寂静，我只听得到自己大声的喘息和鞋子踩在路面碾转沙石的声音。

我不知道要往哪个方向，只能顺着路灯的方向搜寻，远远看见草丛中有个移动的黑影，我往那疾走，控制不住地心跳加速，觉得可能是张倩影晕倒在那里，走近一看，只是个被风鼓动的大垃圾袋。

越往前走我越感到心惊胆战，偶尔飞驰而过的汽车让我浮想联翩，我不住地往路中间看，生怕看到一个奄奄一息倒在血泊中的人。

"张倩影！"

我朝着四周大喊，声音消散于无边的黑夜。

不知究竟找了多久，当我的大腿哆嗦着感觉再也跑不动，我一屁股坐到路边干黄的枯草堆上。

我脑子里只剩下一些可怕的画面，那只公路上被碾碎的猫，那根插进我爸胸口的树桩，白白软软地垂在车门外的妈妈的手，泥坑里，树叶上，被雨浇着溅起的血，雨刮器甩来甩去，模糊的看不清一切的挡风玻璃。

张倩影像藏进这些可怕的画面里，肮脏的混合着血水的地面，倒映出她的面孔。

我抬头张望，什么都没有。

我拿出手机，给张小尧发微信："她不见了。"

电话几乎马上响起，张小尧急切的声音从话筒中传出："到处都找过没有？"

"找了，已经找好几个小时。"

"几个人在找？有人帮你一起找吗？"

"就我一个，酒店的门童给我指的方向，我沿着马路在找。"

"你一个顶屁用，没其他人能帮你吗？"张小尧的声音徒然大了一倍。

我举着手机，任凭她大喊大叫了一会。

"你听着，马上去找人，到最后一次看到她的地方分头找，然后天一亮就去报警，听到了没有！"

"听到了。"

"给我发一个位置，我明早飞过来。"

"好。"

"一定要找到她。"

"好。"

挂上手机，我冷静了一点。

看了一眼时间，三点五十八分，三个小时，不知道已经离酒店多远，我后悔没留一个哈瑞或卫斯理的电话，在这里我只认识他俩，也只能请他们帮我一起找。

打开地图，从我的位置到金江酒店，我走了将近二十五公里。

这个点打车只能全凭运气，我挣扎着站起，迈着沉重的步子开始往回走。我运气不错，几分钟后居然有辆空的士路过。

上车时司机问我："这么晚跑荒郊野地干什么？"我问他开车来的路上有没有看到一个穿蓝色裙子的老太太，他以为我在开玩笑，笑着说大半夜这地方怎么会有老太太，我沉了脸，伸着头专注盯着道路的两边，司机便不再说话。

到达酒店时，哈瑞和卫斯理在大堂焦灼地等着我。

35 张小尧赶来

"你回来啦？怎么样？"卫斯理快步走到我面前，脸上完全没了几小时前的醉意，哈瑞跟在他身后，颔首低眉，像只犯错的大狗。

我摇头："没找到。"

"要不要打911？"哈瑞关切道。

"对不起，都怪我，我不该拉你喝酒。"卫斯理苍白着脸，眼圈也红了。

"不！怪我，都是我的错，勇，你用力打我一拳。"哈瑞走过来拉我的胳膊，被我躲开了。

"刚才我往西面的马路找了大概二十五公里，没发现什么，现在我们分头往东南北三个方向去找，我存一下你们俩的电话，有什么消息随时联系，如果天亮了我们还没找到她，就去报警。"

我拿出手机记下他们的号码，哈瑞的样子看得我难受，但我实在没心情和他说些原谅之类的屁话，在酒店前台买了一瓶水，我们匆匆分开，我独自往酒店后门通往树林的小路走了进去。

我灌一口水，提着跟酒店借来的强光手电筒边走边喊："张倩影！你在哪？"

张倩影往这个方向走的几率最低，酒店门童清楚地看到她是往马路方向去了，照常理看，不大可能会绕到后方来，但我仍然睁大眼在树干枝丫间寻找着，走了太久，脚掌越来越肿痛，我脑子昏沉，脚步沉重，只盼望这是一场梦，醒来时我和张倩影都在狗夫车上安然躺着。

天慢慢亮了，卫斯理和哈瑞分别给我打来电话，没找到。

我们在派出所做笔录时，张小尧和庄丙添到了，他们站在大厅张望，看到我之后迅速朝我们走来。

张小尧靠近，我从椅子上站起来。

"你好，我叫张小尧，是张倩影，就那个走丢老太太的侄孙女。"她对警察说道。

"警察同志，我们从兴平市赶来哩，您瞧，这是我的身份证。"庄丙添颤巍巍地将自己的证件放到桌上。

"收起来吧。"年轻的警察抬头，瞥一眼张小尧，"家属是吧，在这写下姓名，电话号码。"

张小尧接过本子，写下自己的姓名电话。

"他们已经说明了情况，现在你们派两个对老太太比较熟悉的人，跟我去监控中心查一查。"

"你跟我一起去。"张小尧看向我。

"勇，我也想一起去。"哈瑞急道。

"不需要那么多人。"警察瞥了他一眼。

"我们在门口等就好。"卫斯理说。

"对，我们就在门口等。"哈瑞赶忙附和。

庄丙添伸出自己枯瘦的手去握警察的手："麻烦您哩。"

我和张小尧坐警车，卫斯理开自己的车载哈瑞和庄丙添跟在后面。

张小尧的头发松松地扎在脑袋后面，穿的是米白色质地柔软的衬衫，领口敞开着，笔直的锁骨上挂着条细细的翡翠坠子项链，她脖颈散发出的香气钻入我鼻孔中，和我身上整夜奔跑后的汗酸臭味混到一块，我忽然一阵的反胃，胃酸直涌喉头，我迅速趴到车窗上，干呕起来。

"喂！不要吐在我车里。"警察同志紧张地回头看我。

张小尧伸手替我拍了拍背："你没事吧？早饭没吃呢吧？"

"我没事。"我擦擦嘴角的胃酸，靠回到椅背上。

找到酒店对面那条马路的监控，我和张小尧凑在小小的画面前，警察帮我们将进度条拖拉到晚上十点半到十一点半之间。

"停，这里！这个是张倩影。"我指着屏幕右下角那抹蓝色身影。

终于找到线索，张倩影在昨晚十一点十八分往马青路西面走了，就是我第一次找去的那条路！

警察将进度条往回拖一点，张倩影从右下方走入画面中，又从左上方走出。

"这条路还有其他监控吗？"张小尧问。

"我找下。"警察说。

我的右手一直在颤抖,我悄悄把它别到身后。我们又看了几段监控,张倩影最后一次在监控中出现在马青路和淮阳路的交叉路口,时间是凌晨十二点三十五分。

"没其他的吗?"

"这段路没了,老太太应该是往淮阳方向走了,你们现在去淮阳派出所,让他们带你们看淮阳路段的监控,我一会打个电话,你们过去找老徐。"

"怎么样了?"庄丙添上前,脸上满是关切。

"别急,已经看到人,往另一条路走了,我们现在去另一个辖区的派出所,继续找监控。"张小尧扶住庄丙添的肩,轻柔说道。

"好,好。"庄丙添失神地连连点头。

"勇……"哈瑞走到我身边。

"我们真的很抱歉。"卫斯理满脸愧疚。

我拍拍卫斯理的胳膊,看着哈瑞的眼睛:"该说对不起的是我,昨晚我有点失控,那不是你的错。"

哈瑞的眼圈红了,他伸手将我揽进怀中,吸着鼻子,几滴凉飕飕的玩意儿掉进我脖子里。

张小尧望着我们,我尴尬地把哈瑞推开。

"我听老张提起过你们,你是 Harrison 吧?"她微笑,转头又看卫斯理,"Wesley?"

"你可以跟勇一样,叫我哈瑞。"

"你好,张小姐,我是卫斯理。"卫斯理和张小尧握了下手。

张小尧点头:"谢谢你们帮忙找了一晚上,现在我们要去淮阳派出所，如果你们有事情可以先走，老张大概没那么快找到，我们一有消息会马上给你们打电话。"

卫斯理看向哈瑞，哈瑞摇头，我想起他昨晚说过今天就要回美国。

"你几点的飞机？是不是该出发了。"我看一眼时间，现在是八点四十五分。

"不行，我必须先找到 Miss 张。"

"他是下午五点半的飞机，从这坐大巴去机场三个小时，还有一些时间。"卫斯理说。

"那我们快走吧。"张小尧说。

淮阳派出所的徐警官带我们去查监控。

从马青路拐进淮阳路的那段监控看得我们频频倒吸冷气，张倩影从人行道直接走入机动车道，也许是累了，她开始垂着头走路，根本没考虑自己是逆行走在机动车道上。

"小心！"我忍不住低呼，此时一辆白色车从她右手边开过。

可能是迷路了，她在这条路上来回打转，监控画面显示，有时她从左边车道走出去一会，又从右边车道走回来，横穿马路更是不在话下。我的心剧烈跳动，像随时要从嘴里蹦出来。

36 不去想后果

"这！"徐警官按下暂停键,"看到没？"

所有人凑到屏幕前面,试图看清从那辆黑色车下来的是什么人。

"看不清。"

"不认识。"

"勇,你认识这个女人吗？"

"没见过。"

徐警官将影像倒回重新播放,黑色宝马停到路旁,一位穿灰色外衣的女人从驾驶室走出来,她站在车边和张倩影说了一会话,张倩影弯下腰往车内看,没一会,她打开车门钻了进去,穿灰外衣的女人回到驾驶室,关上车门,车子驶出画面。

"这人你们认识吗？"徐警官问。

所有人都摇头,"不认识。"

"那你们先回去等消息,我让同事查一下她的车牌。"

走到外面,所有人的脸露出放松和释然的表情,她没事,虽然她上了一个陌生女人的车,但她还活着。

我在台阶上坐下,从口袋中掏出皱巴巴的烟,抽出一根捋了捋,点火,叼着深深地吸了一口。

我享受着这一刻的沉默,身体渐渐放松,酸痛是愉悦的酸痛,像被某个手劲很大的按摩师傅从头到脚按了一遍。揉揉眼睛,抬头看着天空,空气很清新,阳光照在脸上,舒服又温暖。

"找个地方先吃饭吧。"张小尧提议。庄丙添点头:"对对,饭还是要先吃的。"

十一点十一分,我们围坐在一张铺着红色塑料薄膜的圆桌上,张小尧包揽了选座、点菜、指挥服务员拿餐具等一切事宜,其他人安静地坐着,像等待家长安排的学龄前儿童。

"吃完饭你就该走了。"卫斯理附在哈瑞耳边轻声说。

哈瑞转头看着他:"但 Miss 张还没找到……"

"我会继续留在这里,直到找到她为止。"卫斯理对他轻柔而坚定地说。

哈瑞揽过卫斯理的肩膀:"Thank you bro,But I want to do it by myself."

"但你的机票……"

"Forget it."

张小尧将一把筷子握在手里,拿热水冲烫着,她抬头看了一眼哈瑞,问道:"听我家老张说,你来中国的旅费是你爷爷奶奶赞助的?"筷子一双双摆到我们面前,"机票也是他们帮你买的喽?飞美国的机票可不便宜,你有钱自己再买一张吗?"

我有些惊讶,张小尧与张倩影的关系非同一般吧?是她最先发现张倩影的电话打不通,难道她们每天都通话的吗?张倩影把路上发生的所有事都讲给她听吗?

哈瑞这种假洋鬼子当然不像我想那么多,他只是抓着头干笑:"嘿,这个,我会想办法的。"

"不用想办法,回去吧,你在这也帮不上什么忙。"

我看着张小尧,我在她身上看到了与张倩影一样的某种独特气质,对遇到的种种尴尬境地毫不回避的态度,甚至是乐于去制造种种尴尬境地的,一种肆意的姿态。

我看着她,忽然确定了,我以前的想法错了,张小尧和张倩影绝不只是疏离的亲戚关系,她们一定还有某种更深刻的联系。

哈瑞还想争取,被我打断:"我也觉得你该回去了。"

"你也认为我什么忙都帮不上吗?"他委屈地问。

"不,"我摇头道,"我认为你帮的忙已经足够多了。"

哈瑞的大狗神情又出现,一副要哭出来的样子,好在这时服务员开始上菜了。

"你应该先去洗个澡。"张小尧吸一下鼻子,斜了我一眼。

"Miss 张一定不会原谅我。"

哈瑞背着一个高过头的大登山包站在汽车站门口,他的神情抑郁,我和卫斯理站在他身旁。

"别担心,你下飞机时我们肯定已经找到她。"卫斯理拍拍哈瑞的手臂,"我会向她转达你的歉意。"

哈瑞不舍地大力拥抱卫斯理,"I'll miss you bro."

卫斯理脸颊上升起一团可疑的红晕。

"I am sorry man."哈瑞伸手又想抱我，被我隔开，一个大男人整天抱来抱去到底有完没完？"赶紧进去吧你。"我耐着性子。

哈瑞把大背包从肩上拿下，放上了安检运输带，他回头望着我们，目光从我脸上移到卫斯理脸上。

"Wesley！ You are my best friend ，" 哈瑞喊，"thank you for being you!"

说完他灿烂地一笑，转身进安检，将运输带上的大包提起甩到背上，消失在车站入口。

"那什么意思？"

我转过头问卫斯理。

"我也不大懂，"卫斯理微笑着，眼睛还望着空荡荡的大门，"大概是，谢我这一路都没趁他睡觉时猥亵他吧？"

狗屁，我才不信，肯定有别的意思。

送走哈瑞，我陪卫斯理去音乐节的帐篷区收拾东西，顺便在已经拆掉一半的简易淋浴房洗了个澡，妈的，我可真臭啊，像在洗一颗腌咸菜。

卫斯理真是个收纳能手，我洗完澡回来，他已经把帐篷，睡袋，防潮垫，还有其他所有东西全塞进他那辆雪佛兰后备厢。

"那，走吧？"

一坐上副驾驶我又点上一根烟。"你听歌吗？"我问。

"当然。"

"放你的歌来听听。"

"好啊。"

You're my sunshine
and I want you to know
That my feelings are true
I really love you

皇后乐队的 *You are my best friend*。
"哈！不是吧。"我笑了，"你故意的？"
卫斯理微笑着开车，没说话。
"我能问你一个问题吗？"
"说。"
"我们找到张女士后，你打算怎么做？她的状况似乎已经不再适合公路旅行。"
我把烟伸出到窗外，让风吹走烟灰。
"我还没想过这件事。"
"这很重要，勇，你应该好好想一想。"
"只剩一点了。"
"什么？"
"只剩一点路,最多再开一天我们就能到目的地,海里大草原,我们想去看一眼。"
卫斯理从后视镜中望了我一眼，"其实我一直蛮好奇的，你为什么会跟张女士一起出来，特别是知道她得病后，你们却还在往前走。"

他看我一眼："你要搞清楚，勇，你想去看大草原吗？还是一直以来都只是张女士想去？"

"这有什么区别？"我问。

"对不起啊，也许我这么说你会不开心，但在我看来，你没有看清这件事的后果，我想也许你一直在逃避张女士的病。"

"我没有。"我不耐烦地将烟头弹出车窗。

卫斯理沉默了一会，"抱歉，我话太多了。"他自嘲地笑了笑。

37 她全忘记了

卫斯理开车，徐警官坐副驾，我和张小尧、庄丙添坐后面。

"老太太现在就在她家里，你们可以放心了。"徐警官说，"情况是这样的，这个黄女士以前是个护士，当时她开车经过，看到老太太精神恍惚在马路上游荡，她觉着情况不对，所以呢停车问了几句，老太太不记得自己是谁，也不记得为什么走到那，这个黄女士好人嘞，不忍心把老人就那么撂大马路上，直接给带回家去，这不，今天正准备送警察局，咱的电话就打过去了。"

"太好了！"庄丙添欣慰地说，他推一下金边眼镜，眼镜下的皱纹随笑容展开，"真是太感谢她了。"

"徐警官，你们的效率真的好高哦。"卫斯理拍着马屁。

"嗨，这有啥，应该的，应该的。"徐警官笑开了花，"不过这以后还是得注意，咱这得了老年痴呆的老人，必须在他们身上放上家庭地址和紧急联络人电话。"

"你说得对，说得对，以后不会忘了。"庄丙添又频频点头。

我靠在车窗边，望着窗外飞闪而过的树，车窗上倒映了张小尧挽起的白衬衫，她的手交握在膝盖上，车厢再次安静，她在玻璃倒影中与我对望。

我走在人群最后面，在徐警官敲开黄女士家门后，我们挨个在门口脱鞋，缓缓走进去，玄关有些暗，不怎么宽敞的客厅瞬间挤满人，张小尧和庄丙添握着黄女士的手在感谢她，透过人缝，我看到张倩影坐在客厅里，她换了一身圆点睡衣，跟一个小孩紧紧挨坐在沙发上，旁边还有一个坐在学步车里趴趴走的女婴，三人都目不转睛地盯着电视，电视里正放着动画片《蓝皮鼠和大脸猫》。

"啊！"坐张倩影身旁的小男孩忽然用食指指着我。

"啊！"我也认出了他，他是葬礼上那个小男孩，"刘鲸鱼！"我喊道。

"不对，是刘靖宇！宇宙的宇。"他从沙发上滑下来，"陈……"他举着手指，像正费力地回想。

"陈志勇。"我说。

"你们咋还认识啦？"徐警官惊讶道。

"算认识吧？前几天我和张倩影路过一个村庄，意外地参加了他们家的葬礼。"

"什么意思？"张小尧纳闷地看向我，"谁的葬礼？"

"他后爸。"我小声对她说。

"喂！你还看不看电视？"张倩影扭过头，眼神从我脸上直接飘走，皱着眉，不耐烦地等待刘靖宇回座位陪她看电视。

那位黄女士，也就是刘靖宇的妈妈，走到我面前打量我，"原来是这样啊，难怪小宇说他见过老太太，昨天我们从村里开车回来，是小宇最先发现老太太，喊我在路边停车的。"

"谢谢你们。"我不太自然地给她鞠了一躬,"你看到她的时候,她怎么样?有说什么吗?"

"没有,看着还比较正常,只是不记得自己叫什么,小宇在车里喊她,她就很开心地跟小宇打招呼,当时太晚了,我想着先带她回家好了,今天再送她去警局。"

张小尧走到张倩影身边,蹲下坐在地上:"老张,还记得我吗?"

张倩影看她一眼,又抬起眼睛看其他人,庄丙添此时也迎了上去,殷切问道:"影姐儿,还记得我吗?是我,庄丙添,丙添呐。"

"胡说,丙添哪有你那么老?"张倩影嗔道。

同样的人,同样的对话,再一次发生了。

"妈妈,张奶奶她怎么了?"刘靖宇靠在黄女士的腿上,不解地看着所有人。

"张奶奶只是忘了点事。"黄女士抱着小女娃,腾出一只手轻拍刘靖宇的头,"别担心,没事的。"

离开时费了一番功夫,张倩影死活不肯走,非要待在那看电视,闹了半天,最后刘靖宇拿出遥控器关掉电视,骗张倩影说明天再继续看。

我走到人群的最后,等所有人出门后,我蹲下和刘靖宇郑重地道谢:"谢谢你啊,你真是帮了我一个大忙,如果不是你及时发现张奶奶,说不准她会出事。"

他歪着头,眨着大眼睛:"出什么事?她是不是会死掉?"

"这……倒也不一定吧,但肯定是一些不开心的事,"我拍拍他的头,"希望你和妹妹能快快乐乐、健健康康地长大哦。"

"我尽量吧。"刘靖宇嘟起嘴，像是不满意我临别还给他提要求。

张小尧想立即带张倩影回兴平市，她认为张倩影的情况已经完全不适合旅行，她的语气只是在告知，没有要和任何人商量的意思。

我和张小尧隔着张倩影坐在后座，卫斯理不动声色地朝后视镜望了一眼。

张倩影在座位上不安地扭动，她左右张望，追随着车窗外不断飘逝而过的房子，"老庄丙添，你要带我去哪？这些人是谁？"

"影姐儿，我们马上就回家了。"

"回家？回谁家？"

"我们家呀。"

"胡说八道，我跟你结婚了吗？"

"啥？"庄丙添的老脸迅速红了，难为情地低下去。

"喂，张倩影，不许你这么说话。"张小尧嗔怪地拉了一下张倩影的手臂。

"你是谁？"

"我是你家小张。"

"他呢？他是谁？"张倩影指着我。

"他是……"

"我老公？"

"不是！"

"我儿子？"

"你连自己有生没生过儿子都不记得了吗?"张小尧连翻白眼。
"我饿了,我想吃泡面。"张倩影说。

下车时,张倩影自然而然地走到我身边挽我的胳膊,我看着她,她也看着我。
"干吗?"
"没什么。"
我们走进一家面馆,庄丙添在最前头为大家拉开门。
"我们来这干吗?"张倩影问。
"不是你说饿了要吃面的吗?"张小尧无奈地说。
"我说要吃面了吗?我不饿呀,我刚吃过。"张倩影说。
"你……"
"那你能不能当作是专程陪我来吃的呢?我现在好饿呀。"卫斯理笑眯眯地凑到张倩影身边,挽起她另一只手。

张倩影虽然嘴里还嘟囔着,却没继续反抗,她很享受与卫斯理这种年轻漂亮的男孩手挽手,一转眼撒开我,和卫斯理挨着在餐桌前落座了。

我们点的面端上来后,张倩影咽了咽口水,"喂,帮我也点一碗吧。"她对着张小尧喊,倒是能一眼看出谁是人群里的老大。

"你不是说你刚吃过了吗?"张小尧眨了眨眼。
"我可能记错了,我应该还没吃。"
"哦?你确定?"
"确定确定。"
庄丙添立刻把自己的面推到张倩影面前:"我还没动筷,你先吃,我再去点一碗。"

"不要客气啦,你这么老了,还是你先吃吧。"张倩影把碗又推回庄丙添面前,并转头对我说,"你帮我去点,不要加香菜。"

我像个沉默寡言却恭顺的小弟,立即起身去服务台帮她点单,交代服务员送到靠窗那桌后,我趁机走出餐厅,到外面抽烟。

38 私奔的女孩

我不敢说自己的脑子是清醒的,一晚上没睡,整个白天到处奔波,三十多个小时没合眼,我在消防栓的玻璃上看见自己的脸,眼角眉梢都没精神地下拉着,下巴和嘴唇上冒出一圈青色的胡茬,整个人看起来又丧又矬。

我对着自己的影子摇了摇头,挨着走廊旁的木椅坐下,手张开搭在椅背,双腿伸直横在过道。

"你的面已经坨了。"张小尧走出来,在我身边坐下。

"坨就坨了吧,没什么胃口。"我收起脚,她一出现我就浑身不自在。

"下午我就带老张回去了,你接下去什么打算?"

"打算啊……我从来不做打算。"我站起来,走到离她远一点的地方,虽然她没明说,但我察觉出她讨厌别人在她面前抽烟。

"你们先回呗,我把车原路开回去。"我靠在廊柱下,双臂护在胸口,烟头扔到脚边碾灭。

"你路过兴平的时候会来看老张吗?"张小尧站起,朝我走来。

我没有回答她,在她的凝视中背过身去,走回木椅旁坐下,"你跟张倩影什么关系啊？"

"哈？"张小尧眼睛弯弯地笑起来，"侄孙女跟姑奶奶的关系喽，你不是早知道嘛？"

"不单是这样吧？跟你家其他人比，你好像和张倩影更熟，关系更亲密些，你看，她一出事你立马就赶来了。"

张小尧耸了耸肩，"我比较有良心喽？"

"你们一直有联系吧？每天会打电话？"

"偶尔吧，我比较担心她的病。"

"你什么时候知道她病了？"

她毫不闪避地与我对视着，我先别开了头，"在兴平市碰见我们之前你就知道她病了吧？"

"哎，"张小尧叹了口气，"你到底想说什么？"

我自嘲地笑起来，我也不知道自己想说什么。

"你是觉得自己上当了还是受骗了？"张小尧干脆地问。

我受不了她那种嘲讽的语气，怒火一下子冒上来，"你早知道张倩影生病，却任由她哄骗我开车出去，你根本不知道我们这一路遇到了什么危险。"

"哄骗？你竟然说那是哄骗？哈！老张真该在神志清醒的时候听听这番话。"

我紧抿着嘴，张小尧转身往里走，走到一半又停下，回头道："你究竟知不知道自己是为了什么生气？是觉得自己太悲惨？还是觉得遇上一个更悲惨的老张，你太倒霉？"

她拉开玻璃门钻了进去，我坐在木椅上，无言以对。

站起来的时候忽然一阵晕眩。

"没事吧？"庄丙添及时扶住我坐回椅子上，"我看你面都没吃，肯定低血糖哩。"

面对我满脸的疑惑，他笑笑地说："我刚才在里面，看你跟小尧是吵架啦？"

"我跟她有什么好吵的。"我故作轻松。

"你可别怪她，她哩，跟影姐儿好着呢，这回影姐儿出事可把她急坏喽。"

我有点好奇了："张小尧跟张倩影的关系那么好的吗？她不是二十多年没回过家了？"

"嘿，是没怎么回过，但咱爷和爹娘大忌的时候也回来过几趟。"庄丙添往大门瞅了瞅，"我这告诉你，你可千万别跟小尧说是我说的。"

"你倒是说呀。"我急道。

"小尧小的时候吧，差不多十七八岁那会，带了个比她还小一岁的男朋友私奔，当年俩孩子马上要高考，学校知道他们早恋后就通知家长，还通报批评，小尧这孩子从小气性高，就怂恿了那蠢小子一起偷家里的钱跑，俩人钱凑一凑估计也没多少，很快花得七七八八啦，嘿，那时候小尧想起了影姐儿，决定去投奔她。"

我惊讶，张小尧，十七岁，和人私奔？张家是有这种传统吗？

"然后呢？"

"早前影姐儿回家的时候跟小尧这孩子接触过，挺聊得来，但忽然看到俩小孩背着行囊站她家门口，她跟我说是吓傻了，但面上还得不动声色，给收留了下来，影姐儿在自个房里支个小床

197

给小尧睡，她那小男朋友给安排在另个屋。"

"就这样？她没给张小尧爸妈打电话吗？"

"没哩，影姐儿才不告密，就一直在她家住着，住了个把月，直到小尧跟她男朋友分手了，影姐儿什么都没问，什么都没说，只是每天按时给他们做饭。"

"真的？那她怎么跟男朋友分手的？"

"据说是这样的啊，原本小尧跟那男孩商量好一人去打份工，攒够钱自己去租房子，然后结婚再生孩子什么的，嘿嘿，谁知那蠢小子一点苦都受不了哩，去超市当卸货员，干一礼拜嫌累说不干了，做房产中介嫌早上聚在门口唱歌丢人，最后闹着要回学校，说马上高考了自己最后一轮复习要赶不上哩。

"小尧这孩子哪受得了，立马跟那蠢小子分手啦，一分手，蠢蛋兴高采烈回学校去，他一回学校小尧的行踪不就暴露了，臭小子还跟小尧说是我们去学校逼他，威胁他要报警让警察抓他，编吧，好小子，明明是一看到我们什么都自己招了。"

我笑，庄丙添跟着笑。

"我们就找去影姐儿了嘛，小尧打工回来看到她爸妈，她大姑，小姑，还有我，所有人在影姐儿家里坐着，大家用眼睛瞪她，但也不敢强行带她走，都在好声好气跟影姐儿说好话，影姐儿也不爱搭理我们，她问小尧，'你想跟他们走吗？'所有人又在那瞪着她，她当然不敢说不走啦，就点头，影姐儿又说，'想回来的时候随时可以回来'，大家伙的脸就都黑了，嘿嘿，你懂吧，当时小尧就悄悄跟我说，影姐儿是她的守护天使。"

"哎,没想到张倩影和张小尧还有这么段故事呢。"我轻叹道。

"这下你可以放心了吧?小尧一定会好好照顾影姐儿的。"

"我有什么好不放心的。"

"嘿,你这孩子就是言不由衷哩?我一眼就看出你很关心影姐儿呢。"

"都不重要了。"我勉强地笑了一下。

"你要不要来兴平找一份工作哩?如果你能经常来看看影姐儿,说不准对她的病有好处。"

我愣了一下:"她已经不记得我了。"

"这病会反复的,有时哩,她会忽然想起一切,跟正常人一样。"庄丙添继续试探,"如果你想在兴平找房子住,咱可以帮你……"

"不用了,"我打断他,"我要回西村市。"

"也行哩,听小尧说你现在暂住在影姐儿家,那你拿着影姐儿家的钥匙吧。"

"等我家里的事一解决我就会搬回去。"

"嘿哟,你急什么?谁催你啦?"庄老头嗔怪地瞪了我一眼。

39 旅途终止啦

张小尧已定好回程的机票，我们回金江酒店取了我的车，一行人开往机场。

张倩影要坐卫斯理的车，她嫌我的狗夫车有股臭味，张小尧和庄丙添自然选择跟她一块，我独自开车跟在他们后面，乐观点看，至少我现在可以随意选择听什么歌。

Won't you let me in? Liar
Nobody believes me Liar
Why don't they leave me alone?
……

也许是时候换些别人的歌听听了，皇后乐队的老伙计们肯定不想给我越来越孤僻的性格背锅。瞄一眼油表，该加油了，油箱都要见底啦。副驾驶上没人，也不会再有递过来的钞票。

"我无所谓，我有什么所谓，想去海里的又不是我。"

"可惜什么，没什么好可惜的。"

"差一天又怎样？又不是有世界等着我们去拯救。"

据说一个人开始自言自语是因为感到孤独，但我不孤独，我一点都不孤独，我现在想干什么都行，我能单手开车，我能同时抽两根烟，还能边打电话边开车，谁管我？我甚至可以用脚开车。

我伸手到窗外抖了抖两根烟的烟灰，按开微信，给张小尧发了一条语音："你们先走，我去加个油。"

进加油站前我扔掉了烟，油站很小，入口隐秘，一不小心就会错过。

"92，加满。"我熄火，关上车门，戴蓝帽子的员工面无表情地帮我打开油箱盖，抡起油枪往里塞。

我走进便利店买烟，与一个穿黑西装的中年男人擦身而过时，因为太眼熟，我回头看了他一眼，他长着一张沟壑纵横状若斗牛梗的脸。不会这么巧吧？

"拿条牡丹。"我对售货员说。

"不够一条了。"

"那就有几包拿几包。"

我从便利店走出来时，没表情员工和黑西装男发生了争执，黑西装男想在便利店门口抽烟，没表情员工发现并立即冲过来制止他，两人推搡起来，没表情员工异常愤怒，他跳起来想将黑西装男叼在嘴里的烟拍掉，黑西装男比没表情员工高壮很多，他按住没表情员工的头，令他只能备受屈辱地待在原地挥舞双手。

黑西装男用力一推，没表情员工一个屁股蹲儿坐到地上。

我站对面，和他们面面相觑。

"是你！"黑西装男认出了我。

"噢。"我斜了他一眼。

黑西装男就是当初截停我们的蓝色马自达车主,跨越大半个中国都能在这里碰到他?他到底是干吗的?怎么哪哪都能遇到?

"诶,你妈呢?"黑西装男以一种熟稔的语气问,他脸上甚至带上了久别重逢的亲热微笑,"她还活着吗?"

我以迅雷不及掩耳之势撞翻了他,他往后倒去,脑袋"咚"的一声撞在水泥地面。

"我操你大爷!"他大吼一声,一手按着脑袋站起来,庞大的身躯整个朝我压来,一拳正中我的鼻子。

和蓝马车主的相遇,不知道是我比较倒霉还是他比较倒霉,照受伤程度来看,应该是我更倒霉些,我的鼻血冒到停不下来,躺在地上看着油站的员工跑前跑后地拿水拿毛巾。

"你放心,我们已经报警了。"没表情员工的脸挂在我视线上方,"他一定会得到应有的惩罚!"

"喂!我也流血了好嘛!"蓝马车主走到我脚边,摸一把后脑勺,把手伸给我看,手心倒是有点微微的红色。

"你!不顾劝阻在易爆危险区域抽烟,等着瞧吧,警察来了有你好看的!"

"我抽了吗?我抽了吗?我只是叼着烟,你哪只眼睛看到我点火了?是你突然袭击我。"蓝马车主一脸无赖。

我电话一直响,晕乎乎地从口袋里掏出手机,屏幕上显示张小尧几个未接电话。

"喂!刚说完他你也要犯吗?这不能打电话。"

我一手拿毛巾按住鼻子,一手撑在地上坐起,"行,那我走。"

"你不能走！你要留着给我作证。"没表情员工拉住我。

"谁他妈有空给你作证。"我甩开他的手，把沾满血的毛巾扔进垃圾箱，一头钻进自己车里。

"嘿，好小子。"蓝马车主的牛头梗脸咧开来，对我喊，"替我问候你那个牛逼哄哄的老妈妈。"我冲他比了个中指。从加油站开出时，和警车交错而过。

"喂。"

"你在哪？"话筒里传来张小尧火急火燎的声音。

"路上，快到了。"

"张倩影的证件和行李都在你车上。"

"知道。"

"快到时间登机了。"

"知道，我尽快。"

挂电话后，我将油门踩到底一路狂飙。

到机场，我直接将车停在国内出发口禁停标志前面，从后备厢拎出张倩影的行李箱和环保袋，疾速狂奔。

赶到安检口时，张小尧黑口黑脸地站那瞪着我，我鼻子还在滴血，急忙拿手背一抹，张小尧厌恶地看我一眼，抢过张倩影的环保袋，取出身份证。

卫斯理扶着张倩影从座位区走来，他惊讶地盯着我的鼻子，从口袋里掏出一包纸巾递给我，"出什么事了？"

"没事。"我取出纸巾按住鼻子。

张倩影搂着卫斯理的手臂，歪着头，好奇地看着我，她还穿着那身花点睡衣,脚上穿了双红色塑料拖鞋,她的眼里一团迷雾,耳边的头发凌乱地翘起。

我伸出手,帮她把银灰色的碎发理一理,拢到耳朵后。

"快走吧。"张小尧站在安检前喊。

庄丙添客气地从我手中接过行李箱,卫斯理把张倩影带到张小尧身边。

我看着他们一个个走进安检口,轮到张倩影时,她回头望着我。

也许只是我的错觉,我看到她笑了一下,嘴里在说一个词。

"再见。"

"再见。再见。"我轻轻地回答她。

卫斯理拍拍我的肩。

40 慢慢往回走

走出机场时，我车窗上已经贴了一张违法停车告知单，罚款两百，我把那单子撕下，握成一团塞进口袋。

"你车停哪？"我问卫斯理。

"在地下停车场。"

"那，我在哪等你？"

卫斯理安静地看着我。

他站着不动，也不说话，我忽然意识到，他也要走了。

我感到胸口憋闷，某种程度看，是卫斯理一直陪在我身边，我和他送走所有人，大家离开后他总会拍拍我的肩，无声地与我在原地站上一会，但现在，他也要走了。

"你会去哪？"我问。

"本来哈瑞走了我应该回广州的，但经过这件事，我忽然很想去你们原本要去的那个地方看一看,是叫,海里大草原? 对吗？"

我点了点头，"很好，没想到最终是你去了。"

"勇，你跟我一起去吧，剩半天的路程了。"

"不啦，我要回去了，你之前不是让我要搞清楚吗，是我想去还是张倩影想去，我想明白了，一直都只是张倩影想去。"

卫斯理眼里的光暗淡下去，他点点头："好，那我替你们去看看。"

我平生第一次主动拥抱了别人，我学着哈瑞的样子用力拍了拍卫斯理的背，他被我打得痛哼，"勇，你轻点。"

"有机会去西村找我，我带你去吃我们那最有名的炸虾。"这是我能想到的最真诚的话别。

"一定会的。"卫斯理说。

"好啦，快走吧，再不走我要和你吻别了。"

我从后视镜中看着卫斯理，他朝我挥手，影子越来越小……

我把车停在路边，放平座椅，翘着脚躺着抽烟。

我任由烟灰落在座椅上，脑子就像一个倒灌的下水道，不断涌出这几天的记忆，特别是张倩影在音乐节上跳舞的身姿，那么地灵敏优美，这样一个人怎么会是阿尔茨海默病患者呢？

手机在仪表盘上震动，我懒洋洋地瞥一眼，是徐警官。

"你好。"

"喂！陈志勇吗？你还在吗？你走没走？"

"我还没走，怎么了？是不是出什么事了？"

"哦，没事没事，是黄女士啊那边送来了张老太的衣服，说你们走时忘拿的，我看了下，是一件蓝色的裙子，你看看是来所里拿呢，还是我给你快递过去？我打那个张小尧的电话关机了。"

"我过去拿吧，麻烦你了。"

"行，那现在过来吧。"

我开车去派出所，拿了张倩影的衣服并再次对徐警官表达了感谢，临走前他塞给我一袋当地特产——核桃，"好吃着呢，你们南方人吃不到这么好吃的核桃。"他说。

但其实全国的超市里都有一模一样的吧？在这个网络购物发达的年代，什么在网上买不到呢？我把衣服和核桃扔到后座上，手握着方向盘发了一会呆，发动引擎后，我一路往高速开去。

没想到最后会是我自己开车回去，我按照来时的路程往回走，晚上把车开进高速服务站，整个人蜷缩在后座上睡觉，空气中安静得只听得到我自己的呼吸，半夜时张小尧发来一条微信："已将老张安顿好，你鼻子还好？"

我把手机丢在积满灰尘的地垫上。

早上醒来去洗手间洗了把脸，继续往回开。

鬼使神差地，我好像从张学友的歌里找到了一点乐趣。

> 它就静静地出现
> 却走进了我的视觉
> 以为丰富的经验
> 能让我度过一切
> ……

这大概是一首情歌，听一遍后我就能跟着唱了，实际上张学友大部分的歌都让人听一遍就能跟着唱。

我学着张倩影的样子，晃着脑袋，让自己充沛的感情融进歌词里去和张学友相互应和，我觉得我有点喜欢上这家伙了。

我最爱那首《她来听我的演唱会》，"她来听我的演唱会，在十七岁的初恋，第一次约会，男孩为了她彻夜排队，半年的积蓄买了门票一对，我唱得她心碎……"这首歌有点厉害，画面感十足，光听歌词就像看了场舞台剧，少女啊，失恋啊，劈腿，结婚，出轨，听得人有点难过，还有点想去听他的演唱会，真不愧是史上最强演唱会背书歌。

我戴上仪表盘上张倩影落下的太阳镜，把烟蒂弹出车窗。

陈美芬的微信电话每天都有，如果没接她电话，她会先发一条"到哪了？"隔两分钟后再发一条"怎么不回我。"

知道我已经在回去的路上，开始她还挺高兴，但没高兴一会她马上想起另一件事，试探地问："你回来后还能住张老太家吗？"

"不知道，看看。"我将电话开了免提，大声地喊。

"哦，因为明强他爸不住院了，他爸，他妈，他姐，现在都住在咱家里。"

"为什么不住院？"

"他家几个兄弟姐妹凑出钱让他住院，但他爸拿到钱后反悔了，说住院太贵不肯去。"

"拿到钱后才反悔？"

"是啊。"

"他想干吗？"

"估摸着是想把钱留起来，给他老伴养老。"

"盘算得挺好！"我笑了，"住院浪费钱，怎么不回老家？住咱家倒是一点不浪费他们的钱。"

我的刻薄引得陈美芬发笑，笑后她又觉得自己不应该笑，立即假模假式道："不要这么说嘛。"

陈浩南和陈小北的声音在旁边喊："舅舅，舅舅，你什么时候回来呀？你有没有给我买礼物？"

41 像个流浪汉

哈瑞和卫斯理都加了我微信。

假洋鬼子有点讨人厌,加他之后手机"哆哆"地响个不停,而且不知道是不是因为他不会打中国字,整天给我发语音,动不动发一条三四十秒的语音过来,激动地说自己回美国后给爷爷奶奶看老家的照片,变化大得他们都认不出了之类的,他笃定我会感兴趣,连续给我发了十几张他爷爷奶奶在花园里晒太阳的照片。

一个咧着嘴笑坐在轮椅上的老头和一个依靠在轮椅旁头发稀疏的佝偻老太太。

"你知道奶奶听了 Miss 张和你的事情后有多羡慕吗?她说她做梦都想着能跟个年轻小伙子开车去旅行,哈哈哈。"哈瑞夸张的声音从听筒里传出来。

卫斯理和他一比简直就是天使,他添加我为好友后一句话没说过,只在分别后第二天发了条朋友圈,配图是他的一只脚搁在草地上,显示的位置是"海里大草原"。

"赶了趟别人的旅程,想象着你们两个坐在这里的样子,像忍不住提前看了电影剧透,知道结局很美,我现在也可以安心回家了。"

张小尧和哈瑞都点了赞,哈瑞评论:"it's amazing!"

我什么都没说,但把他那张照片存了下来,放大到很大,仔细看着那些草,没有看出什么特别的。

哈瑞给我发来一段视频和一条长达五十八秒的语音条。

我刚从厕所出来,湿答答的手划过屏幕,略过语音,点开了视频。

是那天音乐节的影像,乐队演奏的收音很清晰,画质也好,很可能是主办方拍的,我看几秒准备关掉,镜头忽然切落到张倩影身上,她笑容满面,随性地扭动肩膀变换身体的方向,她甩动胳膊,跟着旋律自由地挥舞双手,蓝色的舞裙闪闪发光,我站在厕所门口看完了整段视频。

"拜托你千万别一边看车一边看视频。"哈瑞难得地发来一条文字信息。

我将视频保存到手机里,给他回了一个 OK 的表情。

乐曲的旋律一直在我脑子里打转,我搜索了那个乐队的资料,找来一些他们的演奏乐曲听。

爵士乐我不懂,听着倒是挺快活,就像花团锦簇的地方挤满了人,大家风度翩翩锦衣华服,笑嘻嘻地贴在一起,攀谈,舞蹈,拿着酒往自己嘴里灌。

听了一会,我忽然感觉自己像个站在角落里偷看的流浪汉,接连两天挤在车后座睡觉,我的 T 恤皱巴巴地散发出一股酸味,我从后视镜里打量自己，眼神呆滞，眼角还挂着没洗干净的眼屎，胡茬满脸，头发油呼呼地塌在头皮。

这是我？太可怕了。

我从后备厢里拖出行李，取了干净的内衣裤，T恤，毛巾，胳肢窝夹着牙膏牙刷洗发水刮胡刀再次回到洗手间，这次我洗得很彻底，头伸进洗手池里认真地搓泡，龙头的水很小，不小心头就会撞在上面，我艰难地弯着腰，洗干净那满头泡沫费了好大劲。

小便池旁不断有男人们进进出出，我在他们身后镇定自若地刷牙，漱口，刮胡子，最后直接把上衣脱了，用拧干的毛巾擦身子。

脏衣服被我直接扔到垃圾桶里，从洗手间出来时，我总算恢复了一点人样。

我在高速路上飞驰。

指路牌一个一个闪过，马上要到张倩影出车祸的那个路段，不知道有没有人发现那里曾被人撞过，想到那天的情景我还是会出冷汗，我竟然在知道她病情后还让她开车，真是疯了。

如果她真做着那样的打算，去到一个遥远的风景优美（也可能不优美）的地方自杀，那我该怎么办？她的计划里是怎么安排我的呢？或者她根本没有考虑过我，我对她来说就是个无业游民，一个倒霉的陌生人罢了。

是这样吗？

我今天不想抽烟了，我今天要戒烟一天，难得洗得香喷喷的，我可不想让那些烟臭钻进我的头发里。听说抽烟的人很难闻到自己身上的臭味，但对不抽烟的人来说，他们浑身都散发着恶臭，是这样吗？也没有机会再问问张倩影了。

我下了高速，不知不觉把车开回刘鲸鱼的继父办葬礼那个农村。

指路牌上的箭头都还在，我沿着箭嘴方向把车开进那片水泥篮球场，几个晒得黝黑的孩子正打篮球，看到我停车就朝这边望来。

"你找谁？"一个比较大的孩子朝我喊。

"哦，我找厕所。"我撒了谎，我只是想让孩子们安心点，一个看着不大像好人的男人如果说"我什么都不找，只是想随便逛逛"，难免要引起人们的怀疑。

"厕所往那里走。"他给我指方向。

孩子们监视着我往那里走，我觉得有点好笑，他们肯定都接受过提防陌生人的教育，挺好的。

拐个弯，看到一个露天厕所，有了上次蹲坑被人撞进来的经验，我先站在外面咳嗽了几声，确定里面毫无声响后，我才走进去撒了泡尿。

孩子们看到我原路走回，表情松懈了下来，原来这家伙真是来借厕所的。

原本我准备走了，一个孩子忽然跑到我车前，她大概和小北差不多高，瞳孔又黑又大，瞪着我，"喂，你认识刘靖宇吧？我见过你。"

"啊？算认识吧。"

"他还会回来吗？"

"这个……我不清楚。"

"你们那里是不是有一个很大的游乐园？里面有会飞的木马，还有会转圈的大轮子？"

我想了想："有吧。"

"刘靖宇答应带我坐大轮子。"

"什么？"

"你要回去吗？"她的眼珠转啊转，像在思考，"你带我去找他。"

打篮球的孩子们停了下来，这下他们的表情没么友善了。

"走，快点！"小女孩迅速跑到另一边想拉开车门。

"喂，喂，"我伸出手想阻止她，"你等等……"

"江小西，你干什么！"一个大点的男孩百米冲刺过来，他一把抓住小女孩的胳膊。

我暗暗惊叹，好你个刘鲸鱼，哄骗小女孩倒是一把好手。

男孩对我怒目圆睁，我无辜地摇着头。

"放开我江小东！放开我。"小西在小东手里挣扎，名字取成这样很难让人不知道他们的关系。

"你为什么和陌生人说话！"哥哥骂。

"他不是陌生人，他认识刘靖宇。"妹妹一脸倔强。

"刘靖宇的爸爸是大坏蛋！"

"我不管，我要去坐大圆轮。"

兄妹俩的战争估计没那么快结束，我赶紧关上车门发动车子跑了。

42 天降横财哦

刘靖宇的爸爸是大坏蛋？不知道这"爸爸"说的是生父还是继父？

但看他继父的葬礼办得那么风光，八成说的是生父了？苦命的刘靖宇。

习惯要从裤袋里掏烟，忽然想起，今天不是要戒烟一天吗？

不抽烟嘴真的很闲，我把车停在小卖部门前，进店将各种口味的薯片都搜罗来。

坐在车里撕包装袋，用力过猛不小心整包全撒了出来，座位、地垫，车顶，到处都是薯片，我懒得理，把它们全打开，倒进一个大塑料袋放在副驾上，想吃的时候伸手抓一把。

不抽烟的人整天嘴里都在干什么呢？我很快厌倦了薯片，难吃得要命，我把副驾门推开，将装着薯片的塑料袋、座位上的薯片屑、包装袋什么的一股脑全扫到车外。

我怀疑自己能不能戒烟一整天，结局出乎意料，我做到了。

第二天，我信心大增，决定延长戒烟的时间，三天不抽烟！

回到兴平市，我往兴平大饭店又走了一趟，独自吃了一条平湖鱼。

这回换了个服务员，这个人对我一视同仁，从始至终没见他露出狗眼看人低的神色。

就着鱼我吃下了三碗米饭，这次的鱼比上次的好吃一点，不知道和我饿了两顿有没有关系。

吃饱喝足，我浏览着张小尧和庄丙添的朋友圈，两人谁都没再提过张倩影，这是什么意思？当没这回事？还是觉得没必要跟外人说？

张倩影在什么地方，人怎么样了，她的状况如何？有没有再想起我？虽然张小尧的确没义务跟我交代，但出于礼貌说一声还是应该的吧？

我坐在车里，捏着手机打转。

最后我走了，谁也没联系。

我一手握着方向盘，一手放进嘴里啃指甲，我的身体在发出信号，它急需补充尼古丁和焦油，我感到头晕，嗓子发干，心跳加速，习惯夹烟的两根手指弯曲着无所适从，太阳穴突突地跳，肩膀紧锁，整个人躁动不安，胸膛烧灼着，我感觉很渴，一直在喝水。

我可以马上抽烟，因为我行李箱里还有一整条烟，但我不想，我不是真的不想，我只是觉得现在这样很好，身体忙着颤抖和难受，脑子忙着抵抗点上一根烟的欲望，这让我没什么余力去想别的。

我得声明，我可不是因为什么健康，去他妈的健康。

青云镇，物美价廉的小宾馆，如果我有钱，我愿意天天住在这里。

干干净净的床单，膨胀松软的充满日晒味的枕头，房间大到空荡，窗边放两把椅和一个桌，桌上摆着个洗得干干净净的烟灰缸，它在阳光下折射出光。

厕所同样大，没有丁点下水道的异味，有的只是消毒粉的味道，我喜欢那味道，那是洁净和阴冷的味道，树叶投射在马桶前面的瓷砖地上，真是一个拉屎天堂。

最关键的是，这里不是我的家，我不需要为维护住它这种气质而费心费力，它不属于我，也不属于任何旅人，甚至也不属于旅馆老板，它流离在时间之外，只有保洁员可以跟它相逢，这里是世界上最安逸的地方，我已经在这连住了两天。

宾馆前台还认得我，她早上问我："你们旅游回来啦？你妈呢？"我假装没听见，只对她点了个头。

我一个人走去吃那家猪脚米粉，黄记米粉。

戴金链的男人依然坐在土地公神龛下泡茶，塑料打火机和白烟盒也还整齐地码在烟灰缸上，我点了一碗猪脚米粉，端到他对面坐下。

我吸溜着米粉，他笑眯眯地透过我望向别处。

"能问你个问题吗？"我抬头看着他。

"嗯？"意识到我在跟他说话，他从太虚中回神，视线聚焦到我脸上，"啥问题？"

"你是这家店的老板吗？"

"对呀。"他笑,露出了一个大金牙。

"那你怎么什么活都不用干,整天在这里坐着?"

"啥?"他像听不明白我的话,额间的抬头纹全聚到一块。

"那个收银的,还有那个在厨房里忙的,跑堂的,这些女的跟你都是什么关系呀?是你老妈、老婆、姐妹什么的吗?"

男人露出更费解的表情:"当然不是喽!"

"那她们跟你是什么关系?"

"什么关系都没有,"男人警惕起来,"我是老板,她们全是店里的员工嘛。"

"你到底是什么人?"他狐疑地看着我,"问这些干吗?"他从烟灰缸上拿起烟盒,抖出几根伸到我面前。

"谢谢,我今天不抽。"我摆手拒绝,"我只是有点好奇,随便问问。"

他拿镊子从洗杯盆中夹出一只杯子,抬起眼睛打量我,"你该不是谁找来调查我的吧?"茶壶一起一落,一杯茶送到我面前。

"谢谢。"我叩了叩桌子,他举起杯子,很大声地"吧唧"一口饮尽。

"所以你跟她们完全没关系吗?"

"有什么关系?能有什么关系!"他突然激动起来,像只鸡遇到了突袭——他伸直脖子,"我看你这个年轻人思想有问题!我跟她们清清白白的,就是老板跟员工的关系。"

"哦,我不是那意思……"他是不是误会了什么?

"你老实说,是不是我老婆派你来查我?"

"你老婆?"

"她给了你多少钱？我给你双倍。"

我只犹豫了最多三秒，就比出两个手指。

"行，我给你四千，但你得跟她说查得清清楚楚了，什么事都没有，别整天琢磨那些有的没的，好好督促儿子高考复习才是正经事。"

"行。"我说。

本来要走去柜台买单，想了想，这单估计也不用买了吧？我握紧口袋中装了四千块后鼓囊囊的钱包，淡然地从收银台边飘过。

风韵犹存的收银阿姨看向我的眼神像飞刀："小伙子，年纪轻轻有手有脚，别老干这种缺德事。"

"哈？阿姨，你还是管好自己吧。"我笑了出来。

如果张倩影也能看到这一幕，不知道会不会为我今天交的好运喝彩。

43 死得其所吗

"前几天就说到青云，怎么这么多天还没到家？"

"你该不会在骗我吧？"

陈美芬的微信跳出来。

我在床上已经躺了一整天。莫名其妙多出四千块后，我在这又多住了两天，我决定了，青云宾馆从现在起便是我的精神港湾，以后但凡我有点钱了，没什么事了，就要回来小住几天。

宾馆住的人不多，除了赶路的旅客，只剩附近那些羞答答来开房的小情侣，我去退房时，前台大姐感慨地说："还真有点舍不得你呢。"

虽然我跟她总共加起来也没说过几句话，她习惯双肘撑在桌上嗑瓜子，傻大姐似的跟客人嬉笑聊天，作为一个前台算得上是毫无职业素养，但我就是对她讨厌不起来。

"拿去买点零食吧。"我在桌上留了三百，转身往酒店门口走。

本想着赶个时髦，豪客般甩点小费，反正意外之财嘛，给了也不心疼，不料这位前台大姐立即追了出来，她在酒店门口老鹰抓小鸡似的抓住我的手腕，大声嚷道："这是干啥呀？"她把那三百块塞回我手里，"你这孩子钱多啊？"

"小费嘛。"我讪讪地应对着进出旅客投来的诡异目光。

"啥小费，咱这不兴这个，快收起来。"语气是长辈式的，亲昵得不容辩驳。

"哦，好吧。"我把钱塞进口袋里。

"去吧，下回还来啊。"她又笑了起来。

回省的山路蜿蜒曲折，风景依然那么美。我已经连续好几天没抽烟，戒烟这事我有了一点心得体会，最开始的两三天的确比较难受，再往后就没什么特别的了，戒烟可真够简单的。我晚上睡得越来越沉，早晨醒来胸口也不发疼了，手指上老腊肉般的烟渍正慢慢地淡下去。

回程的路特别地顺畅，很快我就进了东度市界，我朝着许愿寺庙开去。

大概是因为工作日，寺庙前门可罗雀，进庙后我径直往许愿树方向走。

看树的工作人员跑来阻止我爬树，在我递给他一百块后他决定短暂地离开岗位去上个厕所，我手脚并用地爬到树顶，依照记忆中的方位寻找我们四个的许愿红布。

很快就找到我和卫斯理的，"出入平安"和"五畜兴旺"，张倩影和哈瑞的我有些拿捏不准，布条上也没写名字，只能依据大致的方位和字迹作判断。

"永结同心。"这个肯定不是。

"希望爱情之神可以眷顾我！""眷顾"这两个字笔画这么多，哈瑞肯定不会写。

"死得其所。"我的眼睛在一块布面上停留，直觉告诉我，这娟秀的字体是张倩影的。

死得其所？死得其所啊……

我在树杈上坐下，双脚垂挂在半空中轻晃，风吹得很多红布条鼓动起来，愿望在树杈间飘荡着。

"爸爸妈妈永远健康。"

"考试顺利。"

"存够钱买房子。"

……

我忽然又想抽烟了，摸了摸口袋发现，忘带烟出来了。

风吹得脸痒痒的，如果不是刚好那个中年和尚路过把我喊了下来，估计在上面睡个午觉也不错。

原本打算回那个青年旅馆再住一晚，忽然失去了兴致，车开出市区，再有五十公里就能回到北里市。

今晚住哪？这是个问题。我既没办法回西村市的自己家，家里现在人满为患，傻强全家老小都住在那，也不想去张倩影北里市的家，那太怪了，我独自一个人回她家？万一还碰到楼下那个老头问东问西，还是不了吧。

也许我该去租个房子，不是还有几千块钱嘛。

短短十几天，就有种阔别数载的感觉。

路两旁的建筑越来越熟悉，这是我待了三十年的地方，我跟它关系匪浅，却从来没有对它发展出依恋的感情，车子越往回走，我越感到窒息，延伸的道路像通往母体的脐带，开进去，意味着安全、共生，也意味着闭塞、黑暗。

我的旅程结束了。

我把车直接开回西村市，停在一家房屋中介门口。

中介带我去看房，看三套后我选了第一间，四十平米的单身公寓，带个小阳台，每月一千五，我迅速跟他们签好合同，拿钱，取钥匙。

车开到楼下，我把后备厢中的行李全搬上楼，扔进了小屋。

微信响。

陈美芬："回来了？"

我："千里眼啊？"

陈美芬："要什么千里眼，我同事的表哥就在中介上班，他告诉我的。"

我："那他没什么职业道德哦，泄露客户隐私。"

陈美芬："住哪啊？怎么不去张老太家住了？"

我："你问你同事的表哥不就知道了。"

陈美芬："行。"

行李箱里的脏衣服被我一股脑全倒阳台上，先让太阳曝晒一下，杀杀菌。

我拆开那条崭新的牡丹烟，取出一包，拿上打火机和矿泉水瓶，挨着阳台墙根坐下。

晕眩,十分晕眩,恶心,有点恶心,我像摊烂泥堆在墙边,忍住不适的感觉又抽了几口。

不行了,慢慢来吧,抽烟这种事贵在坚持,停了一礼拜,身体大不如前,重新开始吧,我把剩下大半根烟塞进矿泉水瓶,晃动瓶底的水把烟弄熄,盖上盖子。

脱掉沾满泥的鞋,把袜子从脚上拔下来时扬起了灰,我在阳光下剪脚指甲,很快阳台上飞满我的指甲屑。

这个阳台令我感到满意。

剪好指甲,我穿着拖鞋下楼买东西,在附近小超市买了些卷纸、洗发水、沐浴露之类的东西,路过摆满烟灰缸的货架,我看到一个崭新的玻璃烟灰缸,它跟青云宾馆那个很像,我买下了它。

"张倩影还好吗?"

发出微信后,我和衣直接躺到床上。

很快张小尧就回复了:"老张现在住在兴平疗养院,我有空就会去看她。"

修车王见我从车上下来,惊讶:"你这么快,就回来啦?"

"是啊。"

"怎么样?车、车子出过状况吗?"他话没说完就瞥见左侧车身整面的剐蹭。

"怎么弄的啊!"他傻眼,"人没事吧?"

"没事。"我怕他再多问,直接开门见山,"这辆车你收吗?"

"什么？"

"回收二手车，店门口的招牌上不是写着吗？"

"为什么？开得不好吗？"

"挺好，但没什么用了，卖掉吧。"

修车王绕车身走了一圈，摇摇头道，"不好卖。"

"没事，先放你这，如果有人想要你再通知我。"我把钥匙扔给他。

"喂，我这没地方放啊。"修车王在我身后喊。

"就放垃圾桶旁边嘛，像上次那样，跟那个报废车挨在一块。"我回头对他笑了笑。

44 礼物呢舅舅

"你怎么进来的?"

我用钥匙打开门时,陈美芬已经在屋子里拖地,她穿了双褐色凉拖,裤脚高高地挽起,手臂上戴着对蓝袖套,两个孩子坐在沙发上玩棋盘游戏,一见我进屋都光着脚冲过来。

"诶!刚拖的地!"陈美芬狠狠地剜我一眼,像是怪我回来的不是时候。

我一手抱起一个娃,浩南搂住我的脖子拼命想把头挤进我颈窝,小北热情地啵了下我额头,"舅舅你去哪了呀,我好想你。"

"舅舅我更想你!"浩南争着说。

"乖,我也想你们。"

"那你给我们带礼物了吗?"

"没有。"

两个孩子的热情迅速消散了,我一走近沙发,他们便挣扎着从我身上跳下去,再没有多余的寒暄,他们继续玩刚才的游戏。

"你是撬锁了吗?"我问陈美芬。

"没有,撬什么锁,我看你没在家,就去问中介还有没有备用钥匙,刚好房东那把还没拿回去,我就先拿来用了。"

"我现在就去找那孙子退钱。"

"干吗呀!"陈美芬拉住我。

"你不嫌累吗?傻强家那堆事还不够你烦,有力气跑来这拖地。"我拿上烟灰缸,往阳台走出去。

陈美芬提了一大桶衣服跟出来,她不知什么时候在墙上钉了个大钩子,拉出条晾衣绳绑到窗户杆上,她从桶里拿出一件衣服,大力地抖甩,"都不知道你是不是从没洗过衣服,搓两遍水还是黑的。"

我坐在墙根点上烟,空气中蒙蒙的水粒落在我脸上。

"以后你别来了吧,我自己会洗衣服。"

"没事,耽误不了多久。"陈美芬从围裙口袋里掏小夹子,在晾衣绳上夹住我那件松垮垮的内裤。

"说真的,别来了行吗?"

"什么意思?"陈美芬停下手里的动作,脸上挂了个不自然的笑,"我帮自己弟弟打扫卫生怎么了,不行嘛?"

烟灰缸里的烟灰被风吹出来,散落着飞在地上。

"我不需要你帮我打扫卫生,你又不欠我的,以后可以别这样子啦。"

顶着刺眼的太阳光,我抬头看着她。

大红圆桶忽然被陈美芬一脚踢翻,里面拧成一团团的衣服滚落到地上。

"陈志勇你是不是人?我辛辛苦苦上一天班,接孩子放学还要过来给你拖地洗衣服,你不感激就算了,说这种不三不四的话?"

"我欠你什么啦?"她尖着嗓门喊,"你就一直觉得是我欠你的对吧?"

陈美芬的理解能力真的有问题,我说你不欠我什么,她怎么当反话听了呢?我把抽一半的烟重重地掐灭在烟灰缸里,无语凝噎了。

"妈妈,你和舅舅吵架了吗?"

我抬头,小北趴在阳台门边,紧张地看着陈美芬。

"没有,妈妈没和舅吵架,"陈美芬扯下袖套扔地上,"走,我们回家。"

门被重重地合上了。

我进屋把烟蒂倒进垃圾桶中,桌上空空,陈美芬果然没把备用钥匙留下。

廉价的出租屋地板被她擦得闪闪发亮,我踢掉人字拖光脚踩上去,很好,很干净,脚底板跟地板摩擦发出"噌噌"的声音,被我踩过的地方留下白色脚印。

想到阳台上还有一堆衣服等着晾,我为什么不等她晾完衣服再说话呢?哎哟,我可真够贱的。

在这个地方住下后,我基本每天都在屋里待着,躺得无聊时会出去闲逛,逛着逛着偶尔会买点东西,付三押一交房租后没剩几个钱,很快就捉襟见肘。

口袋仅剩两百块时,我给去年认识的包工头王哥发了条微信,王哥不是我给他备注后才变成王哥的,王哥的微信名就叫王哥。

我:"王哥,在吗?"

在吗?在吗……问的什么烂问题,赶紧点了撤回,重新编辑一条。

我:"王哥,最近工地上有活吗?"

对嘛,这才像人说的话,有屁就放。

可惜王哥大概不怎么在意这两句话的区别,我的微信发出后,对话框一直沉默着。

去年三月份我去了王哥手底下做力工,所谓力工,说白点就是搬砖工,工地上最累的那种,除了搬砖,其他没什么技术含量的杂活都可以叫你干,砸墙,运垃圾,拧钢筋,和水泥,扛大包,抬板子,每天二百二,这是稳定力工的工资,如果是路边临时拉来的那种,一百五到两百不等。

夏天每个月还有八百的高温补贴,趁着太阳还没出来,凌晨五点起来上工,中午最热的时候将近四十度,休息两小时,下午接着干到六点。

去年我就那样连续干了四个月,开始每周都晒脱层皮,最后皮晒厚了,黑得像坨碳,回家时吓坏了陈美芬。

陈美芬不喜欢我干力工,觉得太辛苦是一部分,觉得丢脸是另一部分,邻居问我为什么晒得那么黑,她急着抢在我前头说:"去旅游了。"

当时我问她:"靠力气吃饭很丢脸吗?"

她支支吾吾地试图辩驳:"我是没有那个意思啦,但保不齐人家会有看法，咱家虽然不富裕，爸妈好歹以前是有文化的，他们死了，你沦落到去搬砖，别人怎么想我们。"

从来都没有别人，陈美芬一直看不清这点。

王哥回微信了："是小陈吧？"我猜他给我的备注是"小陈"。

我："对，是我。"

王哥："哎呀，我们换地方啦，这个月挪到广平来了。"

王哥："你来广平吗？包吃住。"

我："这样啊，那，我考虑一下？"

王哥："行嘛，你慢慢考虑。"

我点进王哥的朋友圈，整个页面都是他老婆和儿子的小视频，闲着也是闲着，我挨个点开视频来看：他儿子手里抓着菜花往餐桌上丢，他老婆在边上呵呵地笑；他老婆抱着儿子在路边走，儿子趴在她肩头睡着；他儿子在儿童游泳池里扑腾，朝镜头泼水……

我看得笑了，王哥的日子过得不错。

我买了盆兰花，傍晚在路边看到的，我觉得它很适合摆在家里。

最初我把它放阳台，晒一天后它就变得蔫蔫的，我有点担心，又把它搬回屋里，查了资料，才知道兰花喜阴，要避免阳光直射。

45 八点要上班

我在手机上搜索"兰花该怎么浇水",找到一篇"超详细养兰新手入门必读",我看得仔细,怕自己记不住,赶紧撕下墙上一页挂历,翻出支圆珠笔,趴在茶几上写下它提到的几点注意事项:

1. 兰花的根对水比较敏感,浇水的频率很重要,水浇得多了容易烂根,太干又会空根。

2. 普通土壤浇水后持续偏湿的时间过长,超过了兰花承受的极限,所以普通土壤不适合养兰。

3. 精心调试搭配的植料土保水和疏水特性可以达到完美的平衡,合理控制兰花根部的含水量,是养兰成败的关键。

4. 新手想控制好兰花的根部的含水量,可以选择 X 家淘宝店售卖的傻瓜植料土配方,经专家配制,用这种土种出的兰花根好苗壮,效果不错。

我收起笔,明白了,就是要买 X 家的土。
我松了口气,还以为多难呢,立即扫二维码下单买了两袋。

我斜躺在阳台上抽烟，烟灰缸形同虚设，烟灰在我脸边的瓷砖地上飞舞。

抽完这条牡丹后我就没钱买烟了，但没什么关系，我已经提前试过不抽烟的滋味，还算能够忍受，比起不能抽烟，我还是更不想去广平搬砖，热得要死，包吃住也不去，这间屋子多舒服啊，我早该搬出来自己住了，之前三十年我都在干吗？

阳光还没晒到我脸上，我眯着眼，看屋顶电线上飘着的几缕蛛丝，我想到张倩影家的阳台也是这样空空荡荡，楼下老农的菜地爬满一夏天的黄瓜和四季豆，那老家伙肯定在暗恋张倩影。

也许我应该抽空去帮她打扫打扫卫生，房子一直不住人，容易坏掉。

又混到了晚上才出门找吃的，晚上好一点，白天出去总会碰见满街的初中同学，男同学爱问，最近干吗呢？女同学就爱问，结婚没？

就算我和他们在整个中学时期都没讲过一句话，再次在街上遇到时，他们总觉得有义务问候一声，但讲真的，在同一个街区活了三十年，我最近在干吗，结没结婚，他们估计比我本人还清楚。

我踱到了凉皮摊，这个摊子一碗凉皮八块钱，还能接受。

"老板，帮我多加点醋和香菜。"

"好嘞！"

老板虽然这么应，但哪回都没给我多加香菜，不知道我为什么还要次次交代，乐观点看，香菜倒也没有越来越少。

我这么个大男人，一碗凉皮肯定吃不饱，所以待会回家前我还要去小卖部买盒泡面带上去,照这么吃,估计剩的钱还能撑俩礼拜。

倒是没想到会在凉皮摊碰到三叔。

三叔就是那个开鱼丸工厂的三叔,之前陈美芬总让我去他那上班。三叔不是我们的亲三叔,是表姑婆儿子的堂兄,关系远得很,但陈美芬总亲亲热热地喊人家三叔,还要我跟着一起喊,从小到大她见谁都爱攀亲戚,总想着人家能多照顾我们一点。

"志勇!这么巧?"三叔牵着条巨大的德牧,直接坐到我对面的小凳子上。

巧个屁,我在心里骂了句,嘴里却恭恭敬敬地说:"诶,三叔,这么晚还出来遛狗啊。"

"你什么时候回来的啊?你姐姐说你开车去旅游啦?"

"嗯,回来没多久。"

"你姐怎么没跟我说你回来了啊,她上次还说你一回来就要来我们工厂上班呐。"

德牧歪着头盯着我的碗,口水滴滴答答地滴在小桌子上,我放下筷子,抽了一张廉价纸巾擦擦嘴。

"她可能忘了吧。"不好直接拆陈美芬的台,我对他干巴巴地笑了下。

三叔还没想走,充满着慈爱与多管闲事的目光落到我脸上。

"像,真像,跟你爸长得真像。"他感叹着,"转眼你跟美芬都长这么大了,你爸妈如果看到肯定很欣慰。"

我心里觉得好笑,面上管你叫三叔,也不过比我大五岁而已,装出那×样给谁看呐……

"你姐跟你说过吗？我那鱼丸厂，今年盖了新厂房，工人有好几十个。"

"啊，说过。"

"怎么样？什么时候来上班？"

"啊？"我笑着摇摇头，"我不行。"

"什么行不行的，你来帮三叔，三叔还会亏待你吗？"

"这样吧，你会开车，可以去帮我送货，送货这活轻松的，比在车间里自由，只要每天准时送完货，没别的事。"

我连连摆手，话还没说出口又被他打断——"我一月给你两千！月休两天，怎么样？"

这下我是真的有点惊讶，这是上个世纪的工资吧？

见我不说话，三叔咬咬牙，"两千五，行吗？包两餐。"

我笑笑，抽出口袋里的十块钱去买单，找零两块钱后，我回头对他说："三叔你慢坐啊，我有点事先回去了。"

"志勇，就这么走了啊？"三叔从小板凳上站起来，狗立即抓紧时机把头伸进碗里舔，凉皮摊的老板冲过来赶它。

我憋着笑，双手插进短裤的口袋。

三叔牵着狗追上来："志勇啊，三叔给你开的工资虽然不算高，但绝对是合理的，送货这活真不累，每天空闲的时间大把，你就当它是个兼职也可以，没事赚点外快嘛。"

"我不行，你找别人吧。"我的耐心快被他磨光了，语气已经冷下来。

"哎，这样吧，三千，行吗？包两餐，每个月休四天。"

我加快脚步,想把他和狗甩到身后,没想到他速度比我还快,狗扯着他拼命往前冲。

"跟你说实话吧志勇,我那个送货的司机啊太不地道,突然辞职了,一时半会我上哪找个信任的司机,你可是我看着长大的,我当然希望找到个像你这样知根知底的人,你说,我能放心让个陌生人拉着一大箱货到处跑?"

这有什么好不放心的……难道他怕别人偷他的鱼丸?

我停下:"别跟着我了行不?"

"你答应我我不就不跟了。"

"三千不行,最少五千。"我掏出烟点上。

"三千五。"

"五千。"

"四千。"他伸出四个手指。

"行吧。"

"那明早八点啊,你直接去鱼丸厂找我。"

买泡面的时候我才反应过来,就这样找到工作了吗?

简直是莫名其妙,还是陈美芬一直念念叨叨想要我去的鱼丸厂,我回到货架,多拿了两根火腿肠。

46 我受够了你

后来我才知道，送货这活到底有多"轻松"。

三叔的鱼丸工厂说是工厂，看着倒更像是黑作坊，厂里的动线设计得极不合理，冷冻仓库不设到停车方便的入口，反而安排在需要横穿整条流水线的尽头，还说是出于安全的考虑，安全个屁，这家伙到底有多怕别人偷他的鱼丸？

工厂里没一个搬运工，每天早上八点上班，我自己去仓库一趟趟地把今天要送的货搬出来。工人们个个面无表情，绞肉机发出巨大的轰隆声，盖住了手推运货车轮子在坑洼水泥地来回摩擦弄出的噪音。

我把一箱箱鱼丸搬上冷藏车，装货最少要花两小时，再挨个地方去给人送货，午饭和晚饭经常赶不及回来吃。

常规送货是跑跑市里的十几家饭店排挡，一些农贸市场和小区周边的生鲜百货，偶尔接点大单急单也要跑长途，有过几次开高速赶夜路送货的经历，我没什么怨言，因为我挺喜欢开夜车，在寂静漆黑的高速路奔驰，让我觉得安心。

在鱼丸厂干了一个月后，陈美芬跟三叔闹上了，闹得很凶，她不知道从哪个老员工那得知了原本那个送货司机的工资是五千五，人家嫌少嫌累才不干了。

住三叔家附近的工人来上班，兴奋地说陈美芬在三叔家门口大吵大闹，引来好多街坊邻居围观，他给大家绘声绘色地转述：

"还说是亲戚，就这么欺负自家亲戚？给别人五千五，给自家的侄儿四千？这亲戚可够便宜呀！可怜我们父母死得早，不然能看我们这么被人欺负？

"我那个傻弟弟啊，活该被人骗，傻乎乎的，从小就信他三叔。

"我苦命的弟弟啊……"

听着那人的转述，员工们解气般哈哈大笑起来，边笑边把台子上的鱼丸丢来丢去，"这周扒皮，早该被人治治了。""过年别的厂发奖金，他发什么？一箱橘子！他娘的！"

最后陈美芬帮我讨回了五千五的工资，她得意扬扬地给我打电话。

陈美芬："知道你姐我今天做什么了吗？"

我："知道，厂里的人跟我表演过了。"

陈美芬："这龟孙子不教训教训他不知好歹，诶，你怎么去他那上班也不跟我说一声？"

我："没什么好说的。"

陈美芬："什么没什么好说的？我不帮你你就得被他耍得团团转！"

我："你觉得自己很厉害？"

陈美芬："我不厉害你现在照样领那四千的工资。"
我："四千也可以。"
陈美芬："陈志勇！你能不能有一回不跟我作对？"
我沉默着。
陈美芬："我做的哪件事不是为了你？"
我："我拜托你，别再这么说了！你为我什么？你能不能不要总是为了我为了我，我受够了你为了我。"
话筒那边安静了，一会传来了"嘟嘟"的忙音。

我蹲在台阶上吃一个盒饭，吃着吃着眼泪忽然掉进饭里，我将又干又冷的米和凉掉的菜叶一起扒拉进嘴里，嚼得腮帮子疼。

张小尧意外地给我打来一个视频电话，她举着手机，从明晃晃的阳光下走进一片黑暗，镜头适应一会后看出是个走廊，她笑着问我，"你怎么黑了？"

我刚洗完澡，脖子上还挂着毛巾，举着手机，一时不知要跟她说什么好。

"我现在在兴平疗养院，刚下班，过来看看老张。"

"哦，那不错。"

"你看看这里的环境，是不是挺好的？"她把镜头对准开阔亮堂的大厅，有些老人坐在沙发上看电视打盹，有些在下象棋，有些则是靠墙站着，那个画面像被人按了暂停键，老人们一动不动，只有电视传出声音。

"挺好的。"我违心地说。

"老张在这住一个多月了,她现在已经适应了。"画面转回张小尧的脸,她头上的马尾有点松散开了,精美的妆容难掩疲倦,强撑地微笑着。

"挺好的。"除了挺好的我也不知道还能说些什么。

透过门口的透明小窗,我看到张倩影坐在床上,护士在给她递药。

"哟!我们看看这是谁呀?"张小尧推门走进去,镜头一下子推近到张倩影脸上,那是个陌生的表情,她脸上堆满焦虑和怒火,正不断地推开护士递给她的药杯,"我不吃!都说了我没病!"

张小尧靠近张倩影,举着手机让我可以同时看到她们两个人,她揽住张倩影的肩,"老张,看镜头,瞧瞧这人是谁,还记得吗?"

张倩影把脸转向镜头,向前伸了脖子,盯着我:"不认识,谁啊?"

"你又是谁啊?"她推开张小尧。

护士趁机又要给张倩影喂药,被她一掌全拍到地上,她开始大喊大叫:"都说不吃了不吃了!每天都给我吃这些难吃的东西!"

张小尧将镜头移开,"没事的,她就是不喜欢吃药。"她不好意思地对我笑了一下。

我也扯出一个微笑:"你吃饭了没有?"我转动手机,给她看我的房子,"你看,这是我现在住的地方。"

"你没住老张家吗?"

"没有,不过我有经常去打扫的。"

"哦……是吗。"她的神情有些落寞。

"你真的还好吗?"

"我挺好的呀，就是有时候上班挺累的。"

对我来说，这是一通有史以来微笑次数最频密的视频电话，不知道对她来说是不是也一样，挂电话后，我的脸颊是疼的。

我和张小尧没有再通过电话，和陈美芬也一样，甚至连哈瑞和卫斯理都不再更新朋友圈，所有人都约好似的一言不发。

我除了偶尔出去跑长途，每天固定地搬货送货，其他时间都待在自己小屋里。叼着烟给兰花换土，拖地，把所有东西擦得一尘不染，躺在阳台上晒太阳，每个月去张倩影家打扫一次，她家楼下的刘老头自从打听到张倩影得了老年痴呆住进疗养院后再也没跟我搭过话，我的生活越来越沉默，越来越平静。

领的工资都存进卡里，需要花钱的地方不多。

第一次领钱后我去商场选了两个儿童玩具，一直放家里，想着小北和浩南下次来的时候可以给他们，但他们一直没再来过。

每隔一段时间我都会去一趟修车王那，狗夫车一直在报废车和垃圾桶旁边呆着，车顶和挡风玻璃上落满鸟屎，没有人想买它。

那样也好，就让它在那慢慢腐烂吧。

47 乱点鸳鸯谱

最近不知道为什么，厂里的人总开我和小吴的玩笑。

我搬货经过小吴身边时，她身边的大姐就提高嗓门问我，"小陈啊，想不想娶媳妇呀？你看我们小吴怎么样？"说完几个女人笑作一团，我望向小吴，她的脸飞满红霞。

有一回在食堂排队打饭，他们故意把小吴往我身后挤，我正点菜，忽然背后飞贴上来两个软乎乎的奶子，转头看见小吴又羞又腆低下脸，嘴里嗫嚅着："对不起。"她背后几个老娘们交换眼神，不以为意地大声笑："小陈受不了了哦。""该娶老婆喽。"

这种事在工厂里常有，大家手忙脑子闲，总想搞点乐子，男女间能想得到的就是一些性玩笑，女人们被摸一把屁股掐一把腰已是常事，把那些未婚男女乱点鸳鸯凑成对更成了她们最大的乐趣，成功的案例就在眼前，质检小王和包装小郑就是那样被闹到结婚，这令她们信心倍增，觉得我和小吴也一准能成。

小吴在包装组，每天负责将鱼丸装进袋子里，她今年大约二十六七岁，平时不怎么爱说话，上班时间总戴着口罩，平刘海遮住眉毛，只看得见一双眼，明眸善睐的样子，但摘下口罩后，她的长相就极为普通，嘴巴大，鼻子小，人很丰满高大，却总驼背弯腰，声音娇娇弱弱的和形象完全不相符。

我对她的描述只是基于现实情况，这些其实和我喜不喜欢她也没什么关系，我不知道质检小王和包装小郑是如何做到在这一天天的调笑中相爱的，反正我肯定不行。

我尽量躲着工厂里那些爱笑的老女孩们，每天更早地去仓库搬货，只为能减少在她们身边经过的次数，午饭和晚饭尽量不到食堂里吃，我以为自己已表明态度，但小吴看我的眼神却渐渐古怪，那是一种娇羞而饱含深情的注视，我简直越来越迷惑，难不成我失忆了？落掉了我跟她之间某段情感大递进的重要剧情，不然她为什么突然这样看我？

女人对男人的误解说不定比男人对女人的误解还大。

女人们总说，我和你吃饭看电影不一定要和你上床，再蠢笨再自以为是的男人心里也是认这个理的，嘴硬的不过是些贱种罢了。

但不知是哪个缺德鬼在世间散播了一种理论——女追男，隔层纱。

这让很多男人们明明什么都没做，女人却下了判断，这男人是她的了。

更诡异的是其他女人好像也默认并自觉维护这种依靠神秘气味或者通灵秘术之类玩意划分领地和猎物的方式，工厂里几乎所有人都认定，我是小吴的了。

我越来越感到不舒服。

如果我没去食堂吃饭，小吴会特意打一盒饭菜留起来，我回来后她就扭扭捏捏地塞给我，我说我吃过了，她就善解人意地把饭盒拿回去，隔天却又打来一份。

她不仅给我打饭，还开始和其他人抱怨三叔对我的不公正，"每天比谁都来得早，几百包鱼丸都他一个人送，几个月了工资一分钱没加过。"最初她的声音小小的带着试探，在其他女人高亢的声援里，她很快变得更坚定和愤怒，我像个哑巴从她们身边经过。

到后来，鱼丸厂所有人，包括三叔都在劝我早点结婚得喽，还说小两口日子肯定越过越红火。

我决定马上跟小吴谈谈。

快下班时我约小吴一起吃饭，小吴吓一跳，这是我第一次约她。

小吴问能不能等她一下，她去宿舍换条裙子，我虽然觉得没必要换衣服，但也耐心在楼下等着，小吴换了一条绿色的连身裙。

我们拘谨地面对面坐着。

我盯着小吴面前白瓷杯上的口红印，假装漫不经心地说："厂里的大姐们都喜欢胡乱给别人做媒啊。"

小吴的脸红了，"是啊，她们就这样。"她迅速看了我一眼。

"我们应该还好吧？"

"嗯？"她睁大眼。

"她们喜欢乱开玩笑。"

小吴还没懂的样子，歪头看着我。

"我的意思是，你如果觉得困扰的话，我去想办法让她们别再这样。"

243

小吴急得摆手:"不用不用,我没关系的。"

我瞠目结舌,这样下去不是办法,得直说才行。

"小吴,我从没想过结婚的事,如果我有做什么事让你误会了,我先给你道个歉。"但实际上我什么都没做。

小吴愣了一下,红润的脸一瞬间变得苍白:"你想白玩?"

"啊?"我想都没想过她会这样说,"当然不是!我只是希望你别被她们影响了,我们本来就什么关系都没有,以后也是一样,你明白吗?"

"你觉得我不好看?"小吴的脸煞白。

"不是。"

"那你是有女朋友了?"

"没有。"

"你不觉得我难看,也没女朋友,但就是不喜欢我?"

"嗯……"我犹豫着,"算是吧。"

"明白了。"小吴变了张脸,羞涩紧张都消失了,表情变得冷淡锐利。

我松了口气:"你明白就好了,那我就回去了。"

"饭还没吃呢!"小吴用力拍了下桌子,粗声粗气道,"你说请我吃饭,菜还没上你就要回去?你都这么请人吃饭吗?"

"诶!对不起啊。"我坐回到位子上,脑子一热就忘了。

小吴发火后也有点尴尬,扭捏地瞟我一眼,"算了,你回去吧。"

"啊?"

"这饭吃得也没意思,你回去吧。"

"真的?"

"真的……"她满面哀愁,"但你把饭钱留下。"

小吴从那之后变了个人,她到处讲我的坏话,从前那个瓮声瓮气畏畏缩缩的形象彻底远离了她。每次我推着运货车从大门口进来,小吴就会释放出自己的大嗓门,活灵活现地重现那晚我俩的对话。"你想白玩?"变成鱼丸工厂的一个保留节目,所有人都听得哈哈大笑。

还算可以接受,至少她们不再给我胡乱安排对象。

谣言不外乎是我从小就有一种见不得人的暗病,或者我压根不喜欢女人,一段时间后,我父母的车祸和陈美芬的家庭问题也被挖出来,傻强和他癌症晚期的父亲被深深同情,结论是我们姐弟俩是天煞孤星,遇谁克谁。

小吴说,幸亏她当初甩了我。

最近一直在下雨,潮湿,闷热,蚊子多。

我光着膀子蹲地上抹地,由外朝里,这样满身的汗不会再滴到干净的地板上,一直抹到卫生间门口,正好进去冲个澡,洗好擦干身子,点一盘蚊香放在脚边,盘腿抽根烟。

48 打到进医院

厂里今天的气氛不对,看我推车进来,全部人都安静下来。

平时声音最洪亮的几个大妈立马低头干活,这种情形只有一个原因——她们刚才正在大讲我的坏话。

第二趟进来时,小吴意味不明地瞄了我几眼,等我再次从仓库出来,她终于忍不住问:"陈志勇,你还有心思上班啊?"

"怎么了?"

"你家里都打翻天了你不知道吗?"她一副恨铁不成钢的样子,"你姐和你姐夫打架呢,从屋里打到屋外了。"

我愣了一下,把鱼丸箱丢地上,大步朝停在门外的货车跑去。

我抄近路,狂踩油门,拐弯时差点剐到一辆宝马,宝马女车主摇下窗咒骂我,我懒得理她,挂挡倒车,疾速冲去下个路口。

十五分钟不到,我赶回了家。

屋外一片狼藉,院里躺着小北散架的粉色滑板车,一个黑色行李箱被倒扣在桂花树上,衬衫和裤子散落一地,屋里传来孩子们的哭声。

我立刻往屋里跑，心脏要从嘴里跳出来。

一进屋最先看到傻强他妈妈一手推搡着一个孩子站在楼梯口，浩南和小北的小手抓着楼梯栏杆，正号啕大哭，他们一看到我进屋，哭声更大，满脸的鼻涕泡。

傻强妈妈看见我吓一跳，黝黑的脸孔上立刻充满敌意。

客厅中满地碎瓷，陈美芬披头散发，半边的脸肿得很高，上衣被拉扯变形，露出肩膀上的白色内衣带，傻强看到我进来并没有立即松手，反而是更大力地扭转陈美芬的胳膊，喊道："好啊，姐弟俩都齐了。"

傻强他姐推着他爸的轮椅躲进厨房，轮椅上的他爸看上去行将就木，干瘪枯瘦的两条手臂垂靠在扶手上，两个眼睛浑浊干涸，麻木地注视着一切。

"浩南，小北，回屋！"我对着楼梯方向呵斥。

浩南拉着小北，一面哭一面往上走，傻强他妈妈想阻止，被我煞气腾腾地瞪住了。

两个孩子的房门一关上，我迅速地走到餐桌边，抡起一把椅子砸到傻强背上。

傻强立即倒下，所有人都蒙了，一下没反应过来发生了什么。

傻强他妈和他姐最先发出了尖叫，她们一齐冲向傻强，这俩女人终于有了点情绪波动，刚刚看傻强打陈美芬，分明还很淡定嘛。

傻强他爸仿佛认出我是谁，他眨了一下眼睛，嘴巴张开又闭上。

我手里的椅子还好好的，电影中那种一砸人就稀烂的椅子大概只是道具，现实里椅子可比人结实，我把椅子丢一旁，走进厨房找刀。

傻强他爸不知道是打了吗啡针还是吃多了止痛药,他看着有些稀里糊涂的,憨傻地对着我一笑,说:"回来啦?"

"嗯。"我点点头,从刀架上抽出一把厨师刀。

傻强还在地上哼哼,被砸那么一下根本出不了毛病,我知道他只是尿了,再一次尿了。

傻强妈看见我手里的刀开始尖叫:"杀人啦!杀人啦!"

他姐哆嗦着从袋子里找电话,她拨了110:"喂!你们快来,杀人啦,拿刀捅人啦,快来啊!这里是……"

陈美芬顶着个猪头脸上前来拉我:"你想干吗?"

我想干吗?我还能干吗?我受不了啦,我再也受不了这些!

我把她的手指一根根掰开。

傻强妈从地上一骨碌爬起,拔腿往门外跑,傻强见他妈跑,手脚并用也想跟着往外爬。

我握着刀向他走去,他边爬边回头惊恐地望我:"你想干吗?杀人可是要偿命的!"他的声音在颤抖。

"没事,一会我就去自首。"我对他说。

傻强在地上爬,像只蠕动的虫,那画面让人反胃,一个尿包和废物,打老婆是他人生中唯一觉得自己英勇无敌的时刻。这种人也配活着?

"你们快点!疯了,他已经疯了!"傻强姐抓着电话崩溃地大叫,他爸坐在轮椅上眼睛半闭,笑眯眯地看着这一切。

陈美芬忽然从后面冲上来抱住我,我两只手被她牢牢地箍住。

"放开!"

"不放!"

"放开!"

"不放!"

我整个人被她束住,动弹不得。

当我和陈美芬并排躺在医院的病床上时,她不知道有没有后悔当初箍我箍得太紧了。

因为如果她不那样,我们不至于被傻强妈同时拍进医院。

那疯婆子举着铁锹从前门冲进来,上来就照着我们的脑袋一人一下,那铁锹拍下后我竟然没马上倒地,傻强妈马上又给我补一下。

这女人够狠!我眼前一黑,直直倒下去,脑子里血光一片,鼻子中充满铁锈味,耳旁只剩下女人们的哭喊声。

怎么进医院的?我不知道,晕了多久?我也不知道。

迷迷糊糊地听到旁边有人在抽抽噎噎地哭。

"别吵了。"我微微睁开眼睛。

"你醒啦?"陈美芬凑到我头顶,她头上的绷带扎得活像个木乃伊,"难受吗?晕吗?会不会想吐?"

"还行。"

"还行是什么意思?难受要马上说!"

陈美芬的头缝了十七针,我两个伤口加起来缝了三十八针,我们俩都要留院观察,医生来查房时对我说:"铁锹那两下没把你拍死,是你家祖坟冒青烟嘞,只要稍微偏一点,你就永远醒不过来啦。"

"那我得谢谢傻强他妈。"

"还敢说?都怪你!"陈美芬一激动头上的伤口就疼,一疼就"哎哟"个没完。

打止痛针后,我昏昏沉沉地睡着。

漆黑的雨夜被滔天血海覆盖,血海中有一只红龙在波涛间翻涌,它有一双金光闪闪的眼,它一头扎入血海,粗壮的尾巴落下,拍在海面飞溅起无数白沫水花。

梦中我浑身燥热,像一块烙红的铁板,岸边飞扬起的水花落到我身上,"呲"的一声蒸发。

红龙的眼睛露出海面,它在朝我不断地靠近……

"志勇,醒醒!"是陈美芬的声音,她在和人说话,"他在发烧。"

我努力地睁开眼睛,模模糊糊看到陈美芬的脸。"姐,我梦到爸爸了……"

夜,病房的灯已经全部熄灭。

月光照进窗,落在陈美芬的脚上,她一向喜欢把脚露在被子外面睡觉。

我浑身湿汗,心情却无比宁静。

"陈美芬,醒着吗?"

"不舒服吗?"她翻身。

"没有。"

"那是要上厕所?"

"不是。"

"我刚才做了个梦,梦见爸,他变成一条金眼睛的红龙。"

"是吗?那有看到妈妈吗?"

"没有。"

"他说什么了?"

"没有,他只是,那样看着我……"

"嗯……"陈美芬发出了长长的一声叹息,"真好,我一次也没梦见过他们。"

49 不赖你赖谁

傻强第二天来医院。

他带来两个保温罐,说里面装了些骨头汤,他讪讪地把保温罐放下,提着开水瓶又去打水,打回来两瓶开水后,他在陈美芬床边呆坐,以一种雨中狗的神情痴痴望着她。

陈美芬按呼叫铃,护士来之后陈美芬让她把这男人赶走。"不认识,不知道是谁。"她说。

护士一脸为难,傻强慢腾腾地站起身:"那我明天再来。"

陈美芬半边的脸还肿着,我看不出那算什么表情。

傻强走后,陈美芬把俩保温罐都扔进垃圾桶,立即打了个电话。

"小梅啊,能不能去我家帮忙接一下两个孩子?"

"我没事,说要观察两天……谢谢啊,那麻烦你帮我照顾他们两天。"

"千万别来,更别带孩子过来,我不想让他们看到我这样。谢啦。"

大概一小时后,傻强电话打过来了,他情绪激动,话筒中传出他的吼声:"陈美芬你什么意思!我可是孩子的爸爸!"

陈美芬平静地说:"我跟我弟弟现在就躺在医院,如果我现在报警,你猜你妈会不会坐牢?"

傻强吼道:"你放屁,是你弟要杀我!"

陈美芬哼了一声,"你说他要杀你啊?我没看见呀,就算你全家都说他要杀你,我咬死没看见,那是各执一词,你们家谁受伤了?我跟我弟被你妈打成了重伤这是板上钉钉!如果你现在不让小梅带孩子走,我立刻报警!你看我敢不敢。"

傻强的语气软下来,他哀求道:"美芬,我们有话好好说,孩子才这么点大,不能没有爸爸啊。"

"谁说孩子不能没有爸爸?我没爸没妈不也好好的。"

挂断傻强电话后,小梅打了进来,得知两个孩子已经安全在她车上,陈美芬千恩万谢,又对浩南和小北分别说了几句安慰的话:"别担心,妈妈跟舅舅都没事,你们在小梅阿姨家里要乖,妈妈过两天去接你们……嗯嗯,妈妈也想你们。"

我沉默地听着,止痛药的药效一过,我的头就一抽一抽地跳,痛得像要裂开来。

"你很热啊?"陈美芬转头问我。

"热个屁,我快痛死了,快喊护士来帮我打止痛针。"

"忍忍吧,听说老打那个针不好。"

"忍不了,快叫!"

"啧,娇气!"陈美芬伸手帮我按了铃。

"混蛋。"我紧咬牙关,刚才她自己明明才吃了一把止痛药!

打完针，痛感慢慢消失，我全身紧绷的肌肉松驰下来，汗湿的衣服贴到背上。

"我要死了。"

"又干吗？"

"没带换洗的衣服。"

"你以为住酒店啊？"陈美芬嗤之以鼻，"叫你朋友给送几件过来。"

"没朋友。"

"怎么会？厂里就没认识的？"

"哎呀！"

"又怎么了？"

"昨天和今天都没去送货。"

"你还有心思管这个？三叔早来过了，那时你还昏迷呢，他从你裤兜里掏了车钥匙就走。"

"这么无情？"

"就这么无情。"

陈美芬第三天就出院了，我还要再待一礼拜确认没什么后遗症才能出院。

她用备用钥匙直接回我家帮我带来换洗的衣服，怕动到我头上的伤口，她拿了一把大剪刀干脆地把我身上的T恤绞了，打来一盆温水说要帮我擦身体，我拼死抵抗才没被她扒了内裤。

"有什么不能看的，几年前不都是我帮你洗澡。"她抱怨。

"拜托，什么几年前，那都是二十五年前的事了。"

"时间过得真快,我记得那时我们班有几个同学总在他们父母睡着后摸黑走到咱家来看电视,我那时可真傻,为了讨好他们,给每个人都准备了泡面。"

陈美芬笑了下,带着点苦涩。

"你那时总被人打,为了保护你,我在你们班安插了好几个眼线,一有人动你她们就会冲过来通知我。"

"难怪……"我哼了一声。

"记得小米吗?她是我最忠实的眼线,有一回她哥把你给打了,她也飞奔着赶来告诉我。"

小米?印象有点模糊了:"好像是个黑丫头吧?"

"我那时就想认她作我的弟媳妇,她同意了,我跟她约好等她十八岁的时候让你去跟她结婚。"

"啊?"我瞠目结舌,"有认弟媳这种说法吗?又不是义结金兰!"

"小孩子说笑嘛!"陈美芬笑起来。

我们忽然沉默了,空气中的气氛微妙地流转。

"你是不是这些年一直在怪我?"陈美芬把脸转向我,"因为我把爸妈留给我们的钱全拿给周明强做生意,让你念不了大学。"

"没有。"我把脸转到一边。

"是我对不起你。"

"别说这些了。"

"但你更对不起我。"

"什么?"我以为自己听错了。

"你没对不起我吗？"

"我对不起你什么？"我感到不可思议。

陈美芬把手中的毛巾扔回地上的脸盆里，溅起的水花洒到瓷砖地上。

"你从十五岁开始就不和我说话，我跟你说什么你都冷冰冰，好像我不存在一样，我知道，青少年叛逆期嘛，那我等嘛，你算算我等了多少年啦，你今年都三十岁了，还叛逆着呢？你有没有想过，你是我唯一的家人，我唯一的家人这样对我，我有多难受？你觉得我为什么要这么早结婚生孩子？"

"这也能赖我？"

"不赖你赖谁？"陈美芬理直气壮。

"陈美芬，你是不是有病？"

"我有啊，你以为就你一人有病？尿床很了不起吗？"她掀起自己的衬衫袖子，手臂上是一道道细长的伤疤。

"这是我的病。"她漠然地注视那些伤口，"周明强好几次下班回来撞见我在洗手间里割手，他受不了，他不明白，后来他就开始打我。"

"不对！他打你是因为他就是个人渣，是个畜生。"我一激动又开始头痛，"你为什么从来没跟我说过这些？"

"我说了你会听吗？"

我胸膛里像堵满了棉絮。

50 下决心离婚

拆线后我也出院了。

陈美芬带着两个孩子挤住进我的小屋,她破天荒地不再唠叨,我们的关系变得颠倒过来,常常是我没话找话地跟她套近乎,她对我爱理不理。

见她在拖地,我上前问:"要不要帮忙?"她朝我翻一个白眼,拎着水桶走了。

她在看电视,我挨着她旁边坐下一起看,看一会后又没话找话:"这个女主角真是挺惨的哈?"她拿起遥控器换台。

我变得没脾气,每天送完货就去幼儿园帮她接孩子,晚饭尽量都在家里吃,还违心地夸赞起她的厨艺,陈美芬不为所动,冷淡得像家里没我这个人。

吃过晚饭,我负责洗碗,陈美芬拥着两个孩子躺沙发上看动画片,三个人亲亲密密地聊天。

陈美芬什么都不瞒着孩子,跟孩子任何话都说,她指着自己头上的长疤说:"这是被你们奶奶用铁锹砸的。"

小北摸着那伤口问:"疼吗?""已经不疼了。"陈美芬揉揉小北的脸。

浩南问:"奶奶为什么要那么做?"

"这个啊……奶奶当时以为妈妈和舅舅会伤害爸爸。"

"才不是呢!"浩南喊,"是爸爸在伤害妈妈!"

客厅里沉默了一会,我把水龙头关掉,拿干布擦了擦手,倚在厨房门口偷听。

"你们两个……"陈美芬犹豫了一下,"是不是从很早以前就知道爸爸会打妈妈啦?"

两个孩子安静着,陈美芬用温柔鼓励的语气又说:"没关系,你们什么事都可以告诉妈妈。"

"我听到爸爸妈妈在吵架,后来妈妈还哭了。"小北的声音。

"妈妈,你和爸爸会离婚吗?"浩南问。

我心里一惊。

"我们班有一个小朋友的爸爸妈妈离婚了,但是她每天都带很多零食分我们吃。"小北说。

"傻瓜,就想着吃!如果他们离婚,你会分给爸爸,我分给妈妈,我们再也见不着面了!"浩南大声地骂小北。

"我不要被分给爸爸!"小北带了哭腔,"为什么不是你分给爸爸!"

"别胡说!"陈美芬把孩子拥进怀里,"你们谁也不会被分给爸爸的,你们全部要待在我身边。"

我帮陈美芬把两个熟睡的孩子抱到床上去。

回来时陈美芬不在沙发上,我到阳台找她,她靠墙坐着,我从冰箱里拿出两瓶冰啤酒，打开盖后递给她一瓶，她抬眼看我，忽然戏谑地笑起来，"怎么？最近是太阳从西边出来啦？那么温柔体贴我可受不了。"

我脸颊抽搐，挨着她身边坐下。

"来，碰一个吧。"我举起啤酒瓶和她碰了一下。

"祝什么？"

"祝我们以后都顺利。"

"行，就祝我们以后都顺利。"

"再碰一个，这次祝我离婚顺利。"

"祝你顺利离婚！"

我和陈美芬一次次地碰瓶子，很快又从冰箱拿出新的啤酒，渐渐地，阳台地上摆了十几个空啤酒瓶，我的酒量在陈美芬面前根本不值一提，我很快就晕了，躺她脚边装死。

"陈志勇，还有气吗？"陈美芬用脚踢了踢我胳膊。

"嗯。"

"真没用，才喝几瓶？"

"你怎么这么能喝？"

"开玩笑，我可是我们超市的白酒西施，你真没用诶，喝几瓶啤的就不行了，以前我做业务员的时候那可是白的，啤的，葡萄酒一起上，什么合同都给它统统签下来。"

"呵，你厉害呗。"我傻兮兮地笑起来。

我换了个舒服的姿势，胳膊枕在头下面。

"傻强的事你考虑清楚了吗？"

"再清楚不过了，我应该更早一点想清楚才对。"

"那，现在怎么办？他们全家都住那，爸妈的房子我们是不是不要啦？"

陈美芬"啧"的一声，嫌弃地踢我一脚，"陈志勇你这脑子真的进水，好端端的房子我们为什么不要啦？"

"但他们……"

"他们真以为房子能住着住着就变成他们的啦？房子是死鬼爸妈留给我们唯一的财产，谁都别想打它的主意。"

"不是哦，我可记得爸妈还留了保险金，只不过被你全拿给傻强，被骗光了。"

"还记仇呢是吧。"陈美芬又是一脚踹我屁股上。

她仰头咕噜了一口酒，"不过呢，咱家现在只有周明强一个人住着了，他爸妈和他姐昨天就利索地回村了。"

"怎么会？"

"这几天呀，我拜托街坊邻居到处去散布消息，说你脑外伤，还引发多种并发症，说警察已经立案，准备着逮捕周明强他妈了，你猜怎么着？当天他全家就收拾了包裹推着他爸逃回老家去了。"

"动作可真快。"我感叹，"但傻强他爸那样，真不用去住院吗？"

"陈志勇我发现你这人真是有病，你都这样了还操心那老头？他们家自己人都不管。"

"我是觉得他爸挺可怜的。"

陈美芬整张脸都皱起来："你知道是什么让我这次下定决心离婚吗？"

"难道是……我吗？"我指着自己。

"哈！傻子。"陈美芬看着我认真询问的样，直接大笑，"对不住，虽说你这次算得上英勇，最后弄得头破血流，不过真不是因为你。"

"那因为什么？"

"当然是因为浩南和小北啊，他们被傻强他妈推到楼梯口，亲眼看见爸爸打妈妈，我不想他们觉得这是一件稀疏平常的事情。"

"这样啊……"我坐起来，从口袋里摸出烟，"他以前也没少打你啊，也没见你有什么反应。"

"不一样，亲眼看到了就不一样了。"陈美芬幽怨道，"以前我还可以自欺欺人地以为他们什么都不知道。"

"但傻强肯定不会轻易跟你离婚吧？"

"是啊，不过那已经不重要了，从他在儿女面前扭住我的胳膊扇我耳光那一刻开始，我就不会再回头了。"

"为这句话得再干一瓶。"

"我一个人喝可不叫干一瓶。"陈美芬翻个白眼。

"意思到了就行。"我点燃了烟。

陈美芬最后也喝得有点多了，变得话痨，躺在地上不断踹我的头。

"知道什么是家人吗？家人！就是永远会支持你，不论你做了什么错事都会原谅你，我是做了错事，但我为什么从没求你原谅我呢？"

"因为你是我的亲人啊，我唯一的亲弟弟，你一定会原谅我，你必须原谅我啊，你做了那么多伤害我的事，我也必须原谅你，

261

因为我们是家人，你是我的亲弟弟嘛……"

我坐起来，轻轻拍了拍陈美芬的背，她缓慢地安静下来，暂停说那些车轱辘话，她蜷起身子躺在我怀里，嘴里时不时还冒出几句脏话。

我把陈美芬抱到床上和两个孩子躺一起："好好睡吧。"

给他们母子三人盖上了薄被，但我一转身，被子已经不知被谁踢到地上。

51 一起回老屋

我一直担心陈美芬和傻强的离婚会不顺利,在我看来,傻强一穷二白,要什么没什么,逼这样一个人离婚,让他从住了十几年的房子里搬出去,那不就等于拿走他的一切?他会同意吗?如果他反应过激,做出一些伤害陈美芬和孩子的事怎么办?

有这样的担忧,我坚持每天接送陈美芬和两个孩子。

陈美芬说我想多了,她太了解傻强,他就要钱。

她开始积极地与傻强沟通离婚的事,当然,一开始傻强坚决拒绝离婚,陈美芬晒出几年来家暴的治疗病历,她劝他最好协议离婚,和平地分开,那样的话他还有可能跟她一块承担照顾两个孩子的责任,否则她会去起诉离婚,最终他将什么都得不到。

傻强犹豫了,他开始扯房子的事,他想要我们那套房子折市价后一半的钱,他说那是他应得的。

陈美芬毫不犹豫地拒绝了傻强,她表示愿意把二人的积蓄,主要是陈美芬的工资,十八万人民币平分,九万无条件给他,至于房子,想都别想。

经过几个月的拉锯,陈美芬终于在立冬前顺利和傻强办了离婚手续，孩子继续由陈美芬抚养，二人共同存款十八万，全给傻强。

傻强从老屋搬走后，陈美芬给门窗全换上新锁，她邀请我和他们一起回老屋住，出于照看他们的考虑，我同意了，公寓这边依然保持着租约，等确认傻强不会来骚扰他们后，我会搬回来自己一个人住。

一切回归了原样，一切又都不一样。

陈美芬开始定期去做心理咨询，她再也不像从前那样成日念叨着"整个家没一个能帮上忙的。"没有了周明强和周明强的家人，我们四个人的日子过得宁静惬意，浩南和小北再也不用半夜站在门缝后听父母吵架，我也很久没犯过病。

我和陈美芬依旧没什么话讲，但偶尔下班后会一起喝瓶啤酒抽根烟，当然，我们不可能一下子变得姐友弟恭，我们依旧吵架，甚至我会和她吵到脸红脖子粗，这是从没有过的，以前的我只会逃，直面矛盾让我对我们的关系变得更加地信任。

陈美芬认为我应该去把老爸的狗夫车开回来："那么老的车，也卖不了几个钱，干脆我们再花点钱整修下，下次可以全家开着它一起出门旅行呀。"她兴致勃勃地说，"哎呀，干脆我也去考个驾照好了。"

有时我会跟她谈起我和张倩影开车旅行遇到的事，陈美芬对张倩影的从前充满遐想，"她以前肯定是个养尊处优的小姐吧？她的未婚夫肯定是个翩翩佳公子。"

"是个骗子才对吧？"

"诶,你懂什么,那种时代,国仇家恨,做个骗子总比做一个小人强。"

"你倒是挺替别人想得开。"我笑。

陈美芬很喜欢听张倩影穿着闪亮的舞裙在聚光灯下独舞那段,她听得两眼都在冒光,急着问:"后来呢?"

"后来我让哈瑞送她回酒店,然后她失忆走丢了。"

"谁问你这个呀,我是问跳舞那里,那乐队的人有邀请她到台上吗?"

"没有啊。"

"散场的时候呢,主唱什么的有找她聊聊天吗?"

"他们为什么要找她聊天?"

"好奇啊,难道他们就不好奇为什么那么个冒牌音乐节会出现这么位老太太,她的舞跳得那么好,她从哪里来,是什么样的人,这些,没人好奇吗?"

我傻愣地,机械地摇了摇头。

"你呢?你也不好奇?你们都一起旅行了这么久,但你对张老太好像也不是很了解嘛。"

"现在还说这些干吗,她都那样了。"我生出了一种厌烦的情绪,胸口像堵了铅块,我希望陈美芬不要再讲张倩影的事。

"怎样?她是已经死了还是怎样?"

"陈美芬!你别太过分了。"

"谁过分?她只是病了,你现在却连提都不想提她,你比我更过分吧?"

"你根本不了解这个病,没资格对别人指手画脚。"我冷冰冰地说。

"老年痴呆,我见得不比你少。"陈美芬丢了个白眼过来,"你回来那么久,去看过张老太吗?给她那个没人住的家打扫卫生可不算。"

"陈志勇,如果是我得了这个病,你也要这样对我吗?"最后她竟期期艾艾地这样问。

我觉得她是借题发挥,不可理喻,气得摔门而出。

我踱到烧烤摊,点了些烤串烤翅还有两瓶冰啤。

我手肘架在膝盖上,坐在比我小腿还低的矮桌前抽烟,我脑中不断回响着陈美芬那句话——"如果是我得了这个病,你也要这样对我吗?"

胡说八道,好端端的她怎么会得病?陈美芬根本不了解情况,也敢在那说大话,一个人要是连你是谁都不记得了,那你和她还算得上是认识吗?我灌下两口啤酒,嘴里只有苦涩。

抬头时,一双好看的眼睛正盯着我。小吴?她怎么在这?

小吴和几个女孩挤在烧烤摊前点东西,在几个纤瘦矮小的女孩身边她被衬得高大壮硕,站在这些女孩身旁,小吴恢复了最初那种畏畏缩缩的形象,她驼背弯腰,脸上尽是小心翼翼的讨好。

点完东西,小吴挨近女孩说了什么,女孩一下全朝我看来,我赶紧低下头。

"陈志勇,你家里还好吗?"小吴有一双极富曲线美的小腿,她搬来一个板凳,侧着身小心裹紧裙子在我身边坐下。

"嗯?你说什么?"我回神。

"你姐姐和姐夫,他们怎么样了?"

"哦,他们离婚了。"

"离婚?"小吴瞪大了眼,"那孩子怎么办?"

"孩子跟我姐过。"我给她开了一瓶啤酒递去,"喝点吗?"

"不了,"她摆摆手,回头看了眼墙边那桌的女孩,"我跟高中同学一起来的。"

"其实我没想说你坏话。"她忽然这样说道。

我咬着鸡翅,"唔"地应了声,"工厂里就那样,讲些闲话解闷,能理解。"

"你是不是觉得我太高了?大家喜欢瘦点娇小点的女孩吧?"小吴问。

"我不喜欢瘦的娇小的,我觉得你不错。"我用手指划着啤酒瓶底留在桌面的水圈。

"是吗?"小吴的眼睛亮亮的。

"嗯,和那几个女孩站一起你最漂亮,不过你别老弯腰驼背的。"

"你不觉得我太胖了?"

"不觉得。"

"谢谢你啊陈志勇,虽然我知道你只是在哄我。"

"没哄。"

"没哄你为什么不要我?嘴里说着我这好那好,还不是一样觉得我不行。"

"我在你眼里就这么好吗?"

"切!你少臭美。"小吴噘嘴。

"对啊，我算个屁！有什么资格决定要不要你，倒是你自己，你想过喜欢什么样的人吗？别人给你瞎凑对，你就瞎答应吗？"

"我……"小吴脸颊通红，支吾着说不出话来。

手机在屁股口袋里震了半天，我放下啤酒瓶，掏出看一眼。

张小尧的三个未接电话。

我心中"咯噔"一下，立刻回拨。

"喂，怎么了？"

"张倩影自杀，你快来。"

52 攒了点药丸

"明早帮我请假，就说我有急事出远门了。"我边说边走去结账，"老板，多少钱？连墙边那桌一起算。"

"发生什么事了吗？"小吴跟在我身后。

付了钱，我的脑子还有点蒙，小吴关切的目光让我有一瞬间的失神。

"小吴，我问你，如果，我是说如果，如果你的家人得了老年痴呆症，你会怎么做？"

"你家人才得老年痴呆症呢！"小吴狠狠地剜我一眼，"咒人呢你？"

"哎，你当我没说吧。"我苦笑了一下，心中有些茫然，好端端问人家这种问题干吗呢？

"你是不是傻啦？"小吴扯了扯我的袖子，"跟我开玩笑呢吧？"

"算了，你记得明天帮我请下假。"我转身就走。

"喂！陈志勇。"小吴跑到我身边，"车钥匙给我，喝酒了不能开车。"

我掏出货车钥匙拍在小吴手心,"也好,明早帮我交给三叔,我走了啊。"

"你去哪呀?"

"兴平。"

"喂!陈志勇。"小吴站在夜色里,风吹得她的裙摆抖动,烤架上白惨惨的灯光印进她眼中,她的头发贴着侧边的脸纷飞着,看上去楚楚动人,"你家人出事了吗?"

小吴的脸上有种说不出的关切和温柔,我愣了好一会,"算是吧……"

"你小心点。"钻进橙色出租车时,小吴弱弱的声音从身后传来。

"去哪?"司机问。

"兴平医院,去吗?"

"高速费你出。"

"行,走吧。"

我到医院时,张家的大人们全来了,在病房外的走廊挤作一团。

老大张芊芊穿了一身黑裙,正握着庄丙添的手安抚他,老二张舟远和他老婆在病房门口张望,老三张盈盈坐在绿色塑胶椅上眉头紧皱地看着手机。

"稀奇哟,你也来啦?"张盈盈最先看到我,她抬着头笑眯眯问道,"听说姑姑北里那套房子的钥匙在你那里?今天有没有带来?要有带来一会记得把留给我哦,我得去给姑姑收拾收拾。"

其他人也发现了我，庄丙添激动地朝我走来，他两眼通红，紧紧地抓住我的胳膊："人没事，发现得早，人没事。"

"没事就好。"我松了一口气，反握住他的手。

"辛苦你跑一趟，是小尧给你打电话的吧？"张芊芊的声音轻柔悦耳。

老二夫妻听到女儿的名字，双双对我侧目，我避开他们的目光："是的，小尧偶尔会告诉我张倩影的近况。"

"这样啊，小尧刚被主治医生叫去问话了，你等等她。"

"大姐，人家是来探望姑姑的，又不是来看小尧，姑姑还在里头躺着呢，你是着急要给人做媒呀？"老三皮笑肉不笑，一副唯恐天下不乱的样子。

"少说两句不会死。"老二的脸色难看，说话已经带了怒气。

我走到病房门口朝里望，微弱的光线下，白色的墙，白色的床单，张倩影的脸也是惨白的，她整个人安静地陷在病床里。

张小尧从走廊尽头走来，她穿了件藕色夹克外套，灰色铅笔裤，马尾松垮垮地垂在肩头，眼睛下面是青而薄的皮肤，脸上没化妆，看着有点憔悴。

她看我一眼后把眼神移开，面对她家人说："医生说晚上要观察，你们先回去吧，我留下来看着。"

"你明天要上班，还是我留下吧。"张小尧的妈妈走上前。

"哎，你们谁留下来都成，我反正先回去了，我这身子骨可不像你们年轻人，经不住了。"张盈盈把手机塞进皮包中，站起来拍了拍坐皱的裙子。

"你想回就回吧，没人叫你来！"庄丙添冷淡道，这是我第一次看他对张家人没好脸色。

"庄叔叔，这说的什么话？我的亲姑姑我能不来看看她？"

"行了！这里是医院，小声点。"张芊芊压着嗓门斥了她一声。

老三被众人嫌也不恼，冲我挤挤挤眼："喂，钥匙呢？"得到我"没带"的回答后施施然往走廊外走了，张小尧最终说服她爸妈和大姑也都回去了，庄丙添却坚持要留下。

张小尧的爸妈临走前特意叮嘱她"小心点"，如果不是错觉，他们说这话的时候特意看了我一眼。

病房中还有其他病人在休息，我们三个不好全都进去，于是轮番进去守张倩影。

我和庄丙添在走廊沉默地坐了一个多小时后，我让他在长排椅上躺着休息一会，自己跑到医院外抽烟。

天气已经转凉，月光白森森地投在地上，我坐在台阶上点了一根。

最近我很少抽烟了，但我还是会带着烟，带着烟的时候心里比较踏实，虽然平时不抽，但遇到想抽烟的情况，比如像现在，能马上抽一根，心里会觉得安慰很多。

陈美芬又在微信轰炸，等我跟她说明了情况，她发了个锤子捶头的表情过来。

陈美芬："我一晚上心惊肉跳，以为你出车祸了呢！"

我："对不起，忘跟你说了。"

陈美芬："张老太她没事吧？"

我："没生命危险，先观察一夜。"

陈美芬："那就好，我先睡了啊，你自己多注意。"
我："嗯。"

"跟谁聊天？"张小尧忽然一屁股坐到我身边。
我吓了一跳："你怎么出来了？"
"换老庄进去待一会。"她夹走我手中的烟，慢条斯理地吸了一口，"还没回答我，跟谁聊天？"
"我姐，陈美芬，跟她说我来兴平了。"
"她知道张倩影的事吗？"
"我告诉她了。"
"你们关系不错吧？"
"以前不怎么样，最近还行吧。"

张小尧把烟掐灭在花坛里，月光下，她的脸虽苍白疲惫，眼神却清澈明亮："为什么一次都没来看过她？"

我盯着她，说不出任何话。

"你知道吗，她有几次记起你，还问我你驾照考过了没。"张小尧微笑着。

"真的？"

"其实我有个想法，说出来可能你会觉得我大逆不道，"张小尧眼波流转，"我不太想她被救回来，她应该过得很辛苦吧？所以才偷偷攒下那么多安眠药。"

"不会。"
"不会？"
"不会觉得你大逆不道。"我伸出手，僵硬地揽住她的肩，"对不起。"

"对不起什么？"

"对不起让你一个人承受这些。"

张小尧睁大了眼睛："你说什么呢？"

我缩回手，尴尬地落在自己后脑勺上："我好像没表达清楚，我的意思是……

"没来看她，是因为之前我的脑子一直没转过弯来，我总在想，如果她已经不记得我了，如果我对她来说就是一个陌生人，这一切还有什么意义？我怎么想都只是觉得痛苦。

"我一直没明白一件事，直到现在我才反应过来，不管她记不记得我，我还记得她啊，记忆，是要两个人全忘了才会消失的。"

53 追上去看看

此刻是凌晨四点十分。

张小尧担心庄丙添年纪太大身体吃不消,坚持要先送他回去,庄丙添拗不过她,交代我一堆注意事项,嘱咐我一有动静就给他打电话,得到我的保证后,他不情愿地走了。

我敢肯定庄丙添绝对在暗恋张倩影,这老头,够含蓄的。

坐在病床前的折叠椅上,借着天花板上隐藏的夜灯光,我观察着张倩影的脸。

她比上次见面时老了许多,原本就瘦削的脸更加干瘪,面如墙灰,露在被子外的手鸡爪似的蜷着,那双手应该再也没办法握方向盘了,想起之前在驾校时张倩影缓慢地倒车入库,教练追到车窗外骂,她那副不为所动的样子,我忍不住轻声笑了起来。

"一个精壮的年轻人盯着一个垂死老人睡觉,想到自己竟然还那么年轻,高兴得忍不住笑起来了吗?"

远处一辆车的远光灯透过窗户闪在病房的墙上,张倩影不知何时已睁开眼睛,那双熟悉的眼睛在一闪而过的远光中盈盈闪烁。

"你醒了?"我激动地凑近握住她的手。

"醒了,而且还记得你。"她虚弱地笑,苍白的嘴唇张开。

"有没有哪里不舒服?"

"哪里都不舒服。"

"我去喊医生……"

"诶,不用。"张倩影拉住我的手腕。

"你要不要喝水?"

"得了,饶了我吧。"

我一在椅子上重新坐下,眼眶内的泪立刻涌了出来,哎哟,真糟糕,我可没料到自己会哭。

我赶紧别过脸将眼泪擦在肩头的衣服上,谁知擦完马上又落了一脸,病房里只剩下我抽抽噎噎的声音。

"哎,哭啥嘛?"张倩影叹了一口气。

"你别管我,我也不知道自己怎么了。"我抽出床头柜上几张纸巾,擤把鼻涕。

"我其实没想自杀,只是吃错了药嘛。"张倩影的声音有些心虚。

我摆了摆手:"没事,我理解。"

"你不理解,哎,洗胃让人尊严尽失,真是的,以后你要想死,怎么都行,但千万别吃药,尽遭罪。"

"那是什么感觉?"

"不是人该有的感觉。"

"渐渐不记得身边所有人,是什么感觉?"

"这个啊……我说不好,记不清什么感觉了,好像没感觉,你想想，玻璃要是碎了一地，人会是什么感觉？就会觉得危险，想赶紧拿扫帚扫掉吧。"

我握住张倩影的手，两人沉默了很久。

"不要是今天好吗？也不要在这里。"

"现在也不是我能做主的了。"张倩影轻轻地拍拍我的手背，声音仿佛从无尽的空洞里传来，"只会越来越糟糕，我很快会变成一个没有意识，情绪失控，大小便失禁，把所有人都逼疯的老怪物。"

"你不是怪物，全国有五百多万个人得了和你一样的病，这是倒霉，倒霉而已。"

"你说得对，我太倒霉了，辛苦学了车，结果还是没去成海里大草原。"

"你还想去吗？"我脑子里忽然升起了一个疯狂的念头。

"啊？"张倩影也被我吓一跳，"你是说，现在？"

"对，现在！我回去开狗夫来接你。"我语气坚定。

张倩影蒙尘的脸上重新焕发出光彩，但很快她又犹豫起来："不行的，说不定我明天一早就不记得你了，我这种情况会给你添很多麻烦的，你带着我太不现实了。"

"你不要管现不现实，你只要告诉我，你是想死在这里，还是想死在海里？！"

"喂！修车王，我的狗夫还在你那吗？没卖掉吧？"

我站在医院大门口，一边伸手拦出租一边打电话。

"大！大哥，现在几点啊你打电话。"修车王的声音十分恼怒。

277

"你在哪？我一个小时后到你店，你把车钥匙给我送来。"

"你，你，有病吧？"

"你就当我有病吧，谢啦！"

一辆蓝色的士停在我面前，司机摇下窗，"去哪？"

"西村市广水街志明维修店，去吗？"

"高速费你出？"

"行，走吧！"

天已经透亮，修车王站店门口等我。

"一小时到？我已经等了你一个半小时！"

"不好意思，司机假装不认路兜了我半天。"我从修车王手里接过车钥匙，"谢啦！"

"要、开、开去哪啊？大半夜的。"修车王皱着眉。

"开去海里。"

"自、自杀啊？"

"不是，今天不自杀。"

"神经病！"修车王转身拉开院子大门，"快、快点开走，我还要回家睡觉呢。"

我开车回了趟家，抓个行李袋塞进去几件厚衣服，检查了下钱包里的证件银行卡，去陈美芬房里摇醒她。

"喂，醒醒。"

"啧！干吗，别吵我。"陈美芬拿枕头捂住头。

"我走了啊,你帮我去跟三叔辞职,顺便把这个月工资要回来,对了,还有一个月押金,总共两个月啊,别忘了。"

陈美芬把枕头从脸上拿下来,"噌"地坐了起来,"你说什么?"

"我回来取爸的狗夫车,现在马上又要走了,我要和张倩影一起去海里大草原。"

"我是不是在做梦?"陈美芬用力拍了拍我的脸,"疼吗!"

"不疼……你继续睡吧。"

"陈志勇,你不会真要去吧?"

"真的,我马上去接她。"

"你想好啦?"

"没想好,但我就想这么做。"

陈美芬打开床头灯,从抽屉里翻出个钱包,"那你带点钱。"她从钱包里取出一沓钱递给我。

我把她的手推回去,"我有钱,你继续睡吧,别把孩子吵醒,他们明天如果问,就说我和张奶奶又出门旅行了。"

我帮她掖了下被子,"我走了。"

"喂,小心点听到没!"

"听到了。"

在医院偷走个人也太简单了吧?我把张倩影连人带被子扛出大门,塞进狗夫的副驾里。

"证件都在吧?"

"带了,都在你背的环保袋里。"

"现在那边冷了,衣服回头再买点?"

"行。"

"那我们走了啊?"

"走吧。"

我扭转钥匙,挂挡,踩油门。

东方的楼宇间露出绚丽的朝阳,所有建筑的外墙被映照得一片红彤彤,张倩影的脸笼罩在霞光中,眼中闪着晶莹的光。

"我们多久能到海里?"

"我不停开,两天就到。"

"我可能过一会就不记得你了。"她抱歉地对我笑了一下。

"没事,我记得你就行。"

"我可能会报警。"

"没事,我把你病历本带上了。"

"跳车哦。"

"那……就没办法了。"

"哈哈哈。"我们两个相视一笑。

"不知道哈瑞和卫斯理现在在干吗?"张倩影摇下车窗,手撑在窗框上托着头。

"你拍张照,发个朋友圈给他们看看。"

"好啊!"张倩影拿着手机伸到窗外,对着我俩的侧脸拍了张合影,"但我说什么好呢?"她拿着手机犹豫着。

"死去海里。"她笑着按键盘,"怎么样?"

"挺好。"

我话刚说完,后面忽然有辆车朝我们冲来,它几乎一下追到我车屁股,如果不是我迅速踩油门,可能就被它追尾了,我惊出一身汗,立即加速变道。

后面的车好像故意跟我作对般,它跟着我变道。

张倩影从后视镜中看了一眼,"要不要我来开?"

"你开个屁!"我笑了出来。

张倩影也跟着"嘿嘿"笑起来。

后面的车压着中线追我,那司机的车技比我好得多,我毫无招架之力,被它越挤越靠边,眼看车身要剐到边栏,我加速往前冲,但它不停不让,保持着跟我差不多的速度压着我。

就在我被逼得马上要迫停时,那车往外开了点,给我让出车道。

车窗缓缓摇下,庄丙添在驾驶座稳稳地扶着方向盘,张小尧侧过脸,拿下脸上的墨镜,她朝我揶揄地一笑,眼睛俏皮地眨了眨,她什么都没说,戴上墨镜后升上了车窗,他们的车一下子冲到我们前头。

"她是谁啊?"张倩影伸长脖子好奇地问,"我怎么觉得她长得有点眼熟?"

我笑了笑:"你坐好喽,我们追上去看看。"

"好嘞!"

我们的狗夫车加速追了上去。

图书在版编目（CIP）数据

狗夫200天 / 陈紫莲著. -- 北京：九州出版社，2020.9

ISBN 978-7-5108-9197-7

Ⅰ.①狗… Ⅱ.①陈… Ⅲ.①长篇小说—中国—当代 Ⅳ.①I247.5

中国版本图书馆CIP数据核字(2020)第102087号

狗夫200天

作　　者	陈紫莲 著
责任编辑	周　春
封面设计	杨　阳
出版发行	九州出版社
地　　址	北京市西城区阜外大街甲35号(100037)
发行电话	（010）68992190/3/5/6
网　　址	www.jiuzhoupress.com
电子邮箱	jiuzhou@jiuzhoupress.com
印　　刷	天津创先河普业印刷有限公司
开　　本	889mm×1194mm　1/32
印　　张	9
字　　数	130千字
版　　次	2020年9月第1版
印　　次	2020年9月第1次印刷
书　　号	ISBN 978-7-5108-9197-7
定　　价	42.00元

★ 版权所有　侵权必究 ★

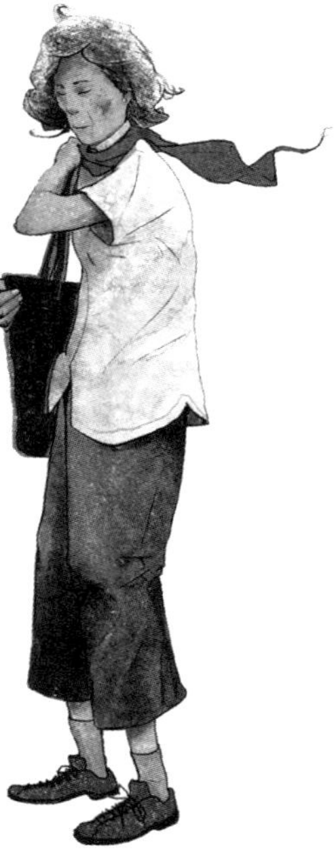

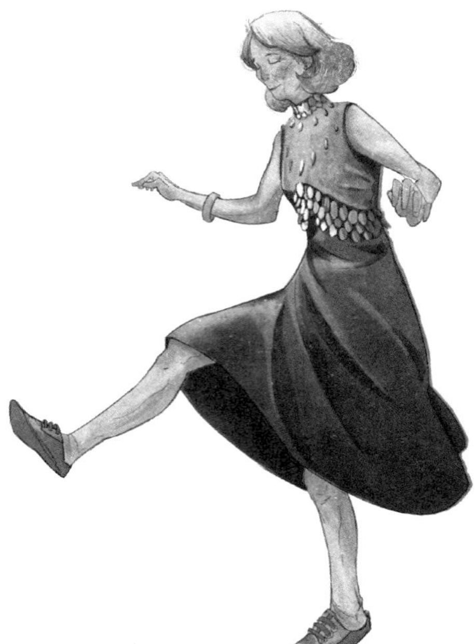